第十四屆全球華文文學星雲獎
報導文學
得獎作品集

# 時代的見證

邱瀟君・李佳懷・蔡仲恕——著

第十四屆全球華文文學星雲獎
報導文學得獎作品集

# 目次

# 總序

李瑞騰

全球華文文學星雲獎的設立，乃緣於星雲大師對文學的熱愛與期待。他曾表示，在他學佛修行與弘揚佛法的過程中，文學帶給他智慧和力量；他自己也日夜俯首為文，藉文學表達所悟之道。因為他深知文學來自作家的人生體會，存有對於理想社會不盡的探求，也必將影響讀者向上向善，走健康的人生大道。

我幾次聆聽大師談他的閱讀與寫作，感覺到他非常重視反思歷史的小說寫作以及探索現實的報導文學，而這兩種深具傳統的文類，在當代輕薄短小的社會風潮中，已日漸式微，尤其是二者的難度都高，且欠缺發表園地，我們因此建議大師以這兩種文類為主來辦文學獎；而為了擴大參與，乃加上與生活息息相關的人間佛教散文。大師認同我們的想法，這就成了這個文學獎最初的主要內容。此外，大師來臺以後，數十年間廣結文壇人士，始終以誠相待，他喜愛文學，尊敬作家，於是在創作獎之外，我們設了貢獻獎，以表彰在文學領域長期持續耕耘，且具有累積性成就的資深文學工作者。

星雲大師將其一生筆墨所得設立公益信託基金，用在廣義的文教上面。這個文學獎的經費就來自這個基金，筆墨所得用之於筆墨，何其美善的人間因緣，曾深深感動了我。至於以「全球華文文學星雲獎」為名，意在跨越政治與區域的界限，有助推動以華文為媒介的文學。從二〇一一年創辦以來，由專業人士組成的評議委員會，獲得充分的授權，堅定站在文學的立場上，以民主的實踐方式運作，進行得相當順利。我們通常會在年初開會檢討去年辦理情況，也針對本年度相關作業進行討論，除了排定時程，更會針對如何辦好文學獎的每一個環節，進行廣泛討論，特別是評審和宣傳問題。

二〇一七年，我們在充分討論之後決定增設「人間禪詩」獎項。詩旨在抒情言志，禪則靜心思慮，以禪入詩，是詩人禪悟之所得，可以是禪理詩，也可以是修行悟道的書寫，正好和「人間佛教散文」相互輝映。幾屆下來，成績不錯，得到評審委員的讚歎。

二〇一九年，評議委員決議將歷史小說分成長篇和短篇，等於是增設短篇歷史小說。說是短篇，其實是二、三萬字，辦了兩屆以後，我們信心倍增。此外，我們也設立了「長篇歷史小說寫作計畫補助專案」，每年至少補助兩個寫作計畫，增加誘因，吸引不少海內外華文作家參與。辦理五屆以來，總計補助十個寫作計畫，已有七個結案，正式出版的已有四部。

這個大型文學獎已然果實累累，每一年我們都趕在年底贈獎典禮之前出版得獎作品集；但得獎的長篇歷史小說，我們讓作者自行尋找出版的機會，盼能接受市場及讀者的考驗，提高其能見度及流通量。特別感謝歷屆評審委員的辛勞，他們在會議上熱烈討論、激辯，有讚歎，有惋惜，就只為選出好作品，讓我們感動；相關事務，如評審行政、贈獎典禮的舉辦等，則有勞信託基金同仁的細心處理；得獎作品集的出版，則有賴佛光文化的高效率，於此一併致謝。

（本文作者為全球華文文學星雲獎評議委員會主任委員）

# 序
# 時代的容顏，記憶的力量

楊渡

自媒體時代，每個人都有故事要說。身邊的奇人異事，眼見的人間不平，耳聞的感人故事，自己親身所遭遇的感動、可笑、可愛、離奇、荒誕的諸種人間現實，都可以成為故事。有時，一則感人的故事、敏銳的批評、觀點新穎的文章，影響所及，也會牽動政策與時代的走向。

要言之，媒體已不再是單向輸出，各種可能使用的傳媒，從文字、照片、影像、漫畫、動畫、視頻、音頻（podcast）到傳統的紙媒、電視台，都是一種表現形式。

而承載的媒體平台，則從社交平台到各種影音平台都有。

在這個多繽紛而多元的時代，人們發覺，最重要的不僅是要呈現什麼內容，而是如何去呈現。也就是，如何說好一個故事。

報導文學，便是去描述這時代最重要的文學形式。它的重要性與日俱增。同一個題材，好的敘述者可以讓它活靈活現，高潮迭起，感動人心；而不好的敘事會讓它平庸俗氣，老套如同文宣。因此，這幾年來，無論是文學寫作、電影劇本創作、書籍出版、編輯課程、網路行銷、文書企劃等等，所有人都在強調「說故事的能力」。

說故事的能力，當然是可以培養的。就像過去的小學的語文課，有說故事練習；現在的很多寫作課，也強調說故事的能力。但更多時候，在我們的人生中，總是會在尋常的生活裡，遇見感人的場景，觸動人心的瞬間，或聽到一個激勵人心的故事。那時，有沒有可能，你也成為一個「會說故事的人」？把你的感動，你的同理心，你對事件的看法，表現出來呢？此時，報導文學的寫作運用，寫出一篇筆鋒常帶感情的報導篇章，便是我們能為這時代所留下的記憶。

本次報導文學作品，最後入圍五篇。每一篇都各有特色，主題也非常多元。它顯示出寫作者的世界觀是相當寬廣的。

本屆應選出前三名獲獎者，但由於評審在五篇作品中，都看到了各篇的優缺點，特別是即使希望給出首獎，但經過詳細討論，認為作為典範的首獎作品，不該有某些無可忽視的明顯缺憾（如未寫完而忽然停頓的某一段落，引用資料而未加說明，前後文不連貫等問題）最後決定首獎從缺。

貳獎由〈行者、浪人以及其他〉獲得。它寫一群慈善工作者的義行，義務製作便當、三明治，以提供街頭流浪人，協助他們渡過飢寒的故事，也刻劃這個全美第二多無家者的大城市的底層面貌。叄獎由〈金珠・哈里斯〉獲得，寫一個貧困離散的女性，在美軍協防下的冷戰時代，因擔任酒女而得識美軍，嫁至美國的家族故事。

另外，為鼓勵創作，雖然作品不到得獎的程度，但特別加給一個佳作獎，由〈拔水而起的南科〉獲得。

總之，今日的報導文學，即是我們如何記憶這時代的見證。期待更多的報導文學寫作者，為未來的世代，留下生活與思索、愛與文明。

# 貳獎

第十四屆
全球華文文學星雲獎
報導文學獎

# 行者、浪人以及其他

**邱瀟君**
房產公司總經理

**學歷**——
國立政治大學新聞系畢業

**經歷**——
一九七八年移居美國洛杉磯，從事房地產投資
二〇二三年時報文學獎報導文學首獎、金沙文學獎散文組第三獎
二〇二四年基隆文學獎新詩首獎

# 行者、浪人以及其他

沛林好奇地問：「帳篷呢？」

老媽媽無奈地說：「被偷了。」

有三個人擠在裡面的小小帳篷，怎麼可能被偷呢？義工們心中有數，這是一個弱肉強食的叢林，在這裡，手無寸鐵渾身是病的老弱傷殘，能保得住什麼？

他們回車上拿來多帶的一份帳篷，再次替老媽媽搭建避風所。老媽媽抱著孟伯伯和孟瀚放聲嚎啕大哭起來，哭聲乾乾哀哀地在風雨的街道上流轉，流過中年兒子滿臉的愧疚，流過小小孫兒不解世情的面孔，流過街道上同病相憐面無表情的人們，流過不知道要以什麼樣貌來到的明天，流轉回旋……

「一個便當一個帳篷，就是遊民的所有。」沛林當晚在他的臉書上這樣寫著。一次，想邀約幾個朋友去饅頭基金會當義工，炒菜做便當分送給路邊遊民。這本來是件積極善意的好事，沒想到有位朋友的先生在群組留言：「那些人好吃懶做，憑什麼做便當給他們？」我辯駁了幾句，那位男士氣憤地說：「你們要去發便當，先發給我，我每天工作那麼辛苦，憑什麼那些人不勞而獲？太不公平了。」

我沒有再多說，沒有告訴那位先生有一次查詢谷歌，想找自己從小生長的地方「東和寺」的相關資訊。卻發現了關於自己童年的一個祕密，這個祕密，我藏在心中兩年了，甚至連女兒都不知道。

## 朋友們不去，我決定自己去探訪

「為遊民備餐」這種活動很常見，但是由同一批人無償地一做十八年，背後定有些什麼特別因緣支撐，我想知道。

在工業區的路邊停好車，我推開鐵門，院牆上掛著一個大大的橫幅：「饅頭基金會」，下面是英文「Care Mission USA」。停車場四角枝葉扶疏的種了些玫瑰，花枝招展生意盎然。我知道義工們一個禮拜才來三天，急忙做完自己的事就走，平常是誰在照顧呢？

從院子推門進去，是基金會的大廳，大廳左邊是一張大桌子，占了大廳三分之二的面積，上面放著一大盤炒麵，一些碗盤，幾個保暖箱，看來是義工忙完手邊工作，坐下來休息一下，吃兩口飯菜充飢的地方。沿著桌子右邊緣再往前走，就是廚房了。

我和主持這個活動的幸大中先生坐在桌邊靠牆角的位置，圖個安靜。我很好奇這一切是從哪裡開始的，這些義工，這些熱便當，這些持之以恆的遊民區送暖活動：義工們和「美國饅頭基金會」在過去十多年間，每星期二、三、五晚上，到洛杉磯的遊民區發放熱便當及麥片餅乾，讓流落街頭的遊民，能有一份溫飽。在疫情之前，每星期發放一千兩百個便當，每年自備六萬份便當。

## 雷牧師，一位曾患有毒癮的基督教牧師

說到這個活動的起源，主辦人幸大中先生笑了，原來這個發送熱食慈善活動，竟然是源始於一位嗜毒的基督教牧師：雷牧師（Pastor Ray）。

二〇〇三年，慈濟志工王作成先生，從獄中接出服刑剛滿的雷牧師，雷牧師因用毒而被關進監牢。當被問到今後何去何從，有什麼打算時，雷牧師告訴王作

成，自己身為一位神職人員，卻因為用毒被關在監獄，覺得非常羞愧。他在獄中切切懺悔禱告，終於明白這是上帝的旨意，上帝讓他走這一趟，是要讓他體會到吸毒人士的身不由己和苦不堪言，得自己懂了，才可以幫助其他沉迷其中的人走出來。

王作成聽完後，和救援小組商量，決定用每月八百美金的租金，替雷牧師在市中心租一個小小房屋，取名「奇蹟之屋」。

為了讓雷牧師把他的宗教愛傳達出去，義工們開始定期到街頭現場準備食物，讓路過的遊民免費拿取充飢，以吸引人潮。而雷牧師就在食檯附近和遊民懇談祈禱，勸戒有吸毒習慣的遊民回頭，脫離藥物苦毒的控制。

當有人表示有戒毒意願時，雷牧師就把他們帶到奇蹟之屋「治療」。治療的方法很陽春，不用任何外物，除了提供吃住外，就是靠著持續單純懇切地禱告，說也奇怪，用這樣草根的方法，居然幫許多遊民戒了毒。

毒癮斷除後，這些弟兄們就成了義工發放食物所在地的「守護天使」，在義工提供熱食的場地幫忙，而此同時，雷牧師就在食檯周邊陪過路遊民祈禱，鼓勵大家積極面對明天。

話當年說到這，廚房喊幫忙，幸大中告個罪，急匆匆地走了。十幾分鐘後，去幫忙洗鍋的幸大中，帶來了一個小碗，裡面裝著兩樣菜：包心菜炒素魚丸和洋蔥炒蛋。

「你一定要吃吃看，」幸大中像個五星級廚師得意地向客人介紹他的拿手好菜：「真的好吃，剛出爐的菜還熱騰騰的，我們就開始流水線作業，裝成便當放到保溫箱中，所以大家拿到手中時都還是熱的，十幾年來就是這兩道菜，我知道每個人都喜歡，一定會喜歡，因為太好吃了。」

鴨舌帽下單純的笑容，初老的臉龐，我看著這位從心中發出喜悅的人士，暗暗猜想著他的年紀，這不是一張受過風霜的臉，為什麼會對街友有這麼大的包容心呢？

四周鬧哄哄的，義工們開始打包出爐的食物。我跟過去參觀照相，廚房中間L型的長鐵桌上，擺著一大鍋飯和剛炒好的兩大盤熱菜，義工們相對站著，紙便當盒一個傳一個，一飯兩菜，到L轉角，遞給下一區的義工負責放進叉匙，封便當，再把一個個便當疊放到保溫箱中。

用來封便當的，是事先剪好的黏紙。「所有這些材質都是可以回收的，不會造成環境汙染。」居然連環保都考慮到了，看來十幾年一次又一次的做同一件事，大家已經把該做的做到極致。

安排好一切，大中和我坐回牆角重揀剛才的話題：「有一次，我正在和雷牧師講話，旁邊來了一位衣衫襤褸的墨西哥人，似乎有話要說。雷牧師走過去，和對方嘰哩咕嚕地說起西班牙文，然後挽著那人的肩膀，雙雙離開。過了好一會，雷牧師走回來，給我看他手中的幾個藥丸。原來那位男士已經跟著雷牧師戒毒四次了，雷牧師很欣慰這一次那位男士知道在服用之前拿著毒品來尋求幫助，而不是吃下肚子以後才來求救。」

大中重複著當年牧師轉告他的話，笑著搖搖頭：「從那之後沒有再見過那位墨西哥人，希望他回歸了正常生活，不再需要神父為他臨崖勒馬。」太多故事急著往前走，很難去回頭一一檢視照顧。

「還有一次，我們正在準備食物，一個混身刺青，滿頭黑色小辮子，兇惡可怕的高大黑人，走到正在炸春捲的高中義工身後，開始伸手撫摸她的頭髮，女孩嚇壞了，偷眼看我，義工們都不知道該如何是好。我連忙鼓起勇氣，用盤子裝了兩個春捲，擠到他們兩人中間，笑咪咪對著那位男士：『egg roll，egg roll，please.』

那位黑人伸手難打笑臉人，忿忿地接過春捲，走到對街他的車上開始吃春捲，一邊不懷好意的緊盯著我們。我一邊忙手中的活，一邊用眼角看著他，知道他絲毫沒有離去的意思。眼看對方再次下車，又要走過來，我就裝了一大盤剛出爐的春捲，在路中間把對方攔住，交給他說：『你喜歡吃，帶些回去給家裡人吧。我們只是想幫幫忙，讓路邊的可憐人吃一頓飽飯，沒有其他意思。』對方接過春捲，滿臉憤恨，一言不發關上車門開車離去。」

鬆了口氣的大中回頭沒有找到雷牧師，就去對當天的幾位守護天使們抱怨：「你們怎麼不來守護我們？怎麼都沒有發揮功能？」大家避開他的眼光，彼此相看，沒有人說話。最終，有人鼓起勇氣，告訴大中：「他是這裡負責販賣毒藥的大頭，是整條街的霸王，我們都怕他。」

大中苦笑地告訴我，其實他當時心中也是害怕的，但是到了節骨眼上，只有挺身上前，去保護義工們。也許體會到大中的善意，這位毒梟從此沒有再來過。

這個在遊民聚集區提供熱食的戒毒計劃，一共進行了六年，直到二〇〇九年雷牧師回歸天堂。幸大中告訴我：「在雷牧師的葬禮中，當時洛杉磯幾個最大教會的傳道人都來了，還來了幾十位警察致敬，我們才知道，雷牧師曾經是此地有名教會的長老，也是到了這個時候，人們才知道，宗教界的名人 Pastor Ray，最後的六年時光，是陪著我們一起在街邊為遊民服務。」

雷牧師走後，守護天使們希望繼續把活動辦下去，但是撐了一段時間，後繼無力，第二年，活動慢慢解散了。

## 更生人的運氣

我思索著，一個剛從監獄放出來的更生人，因為有人接住了他，相信他，讓他有機會重新開始，可以發願幫助和他同樣不幸遭遇的人，不但在當時幫助了成千上萬的街友，而且啟動了這一連串的契機，讓一個基金會在其後連續十幾年每年做六萬個便當發送給遊民。而只要一點點差錯，少了一個在那個時間點接住他的人，這位雷牧師的最後六年，也許就會成為遊民中的一個數字而已。

就跟我，和我全家一樣。

二〇二二年，我在谷歌上查詢自己從小生長的地方「東和寺」的相關資訊。研究到後來，居然在眾多資料中看到好幾則東和寺的相關歷史：「一九四五年後，日治時期結束，禪寺改歸中華民國政府管理。一九五〇年代，禪寺部份建物包括大殿，都被軍隊及平民長期占住，並遭到破壞毀損，禪寺被違章建築所包圍，需要走過數條小巷後，才能進入規模較原本來得小的禪寺。」看著這句話，我震驚地想到幼時爸媽在東和寺廟口的邊上蓋了一個鐵皮屋，前面擺個麵攤，後面用紗門隔出一個房間，是我們一家六口作息睡覺的地方，那就是我們的家。我小學二年級那年，爸爸說：「隔壁防空洞的草坪沒人用也沒人管。」就把右牆偷偷推出去幾呎，在我們房子的邊角用水泥砌了個七、八吋高，一尺見方的小四方形，四方形的一邊有個圓洞通向外面，我們蹲在水泥上大小便，然後用水管把汙物從圓洞沖到外面的水溝。那是我們家的第一個廁所，我們不用再走長路去上公共廁所了。那一年哥哥上初中，姊姊讀高中，當爸爸展示「新廁所」給我們看時，哥姊臉上感激又開心的笑容到今天我都還記得。原來這些，就是記錄說的：「被平民占據破壞。」原來我幼年的足跡，曾踩損過臺北寶貴文化的古蹟石瓦。

爸媽盡力想要為子女保有一絲隱私的動力，竟然在歷史上造成社會這麼大的傷害。而我們家，在我小時候，戰戰兢兢地難求溫飽，居然被定義為「造成破壞毀損的平民」。我不禁想著，雷牧師和我們一家何其幸運，莫名其妙地從絕地走了出來，成了一個「正常努力」的人，脫離了「游手好閒，好吃懶做，只會吸毒喝酒」的遊民生活。

留在裡面的人，是他們不想動嗎？有多少是想要往外攀爬，卻永遠走不出這個看不見的玻璃四壁呢？他們比我們缺少的，也許只是一個熱心的人，一雙溫暖的手，或者，只是一個熱熱的便當……

## 大中兄

我們常常問：「僅憑一個人的能力，可以做什麼呢？」通常說到一個活動的延續，總是從基金會成立的那一天開始。饅頭基金會目前以在洛杉磯分送便當給遊民的這項活動聞名，而這個活動，卻遠在基金會成立之前就已經開始了。

二〇〇九年「為遊民提供食物」活動，隨著雷神父的過世及守護天使們的欲振乏力，完成了階段性任務後便停辦了。卻有一個人，靠著他的傻勁，獨自默默的接下了這個工作，這個人，叫做幸大中。

那時，在洛杉磯華人聚集的天普市，有兩家麵包店，每週固定的把賣剩的麵包捐出來。曾經陪著牧師照顧遊民的幸大中，心中仍掛念著以前那些定時來領取食物的街友遊民，就邀約一兩位義工，固定在每個星期五另買些飲料和香蕉，搭配著賣剩的麵包，分送給需要的人，每次分送的份量大概在一百五十份左右。

過了段時間，其中一家麵包店關門，只剩一家麵包店繼續提供剩下的麵包，資源少了一半。幸大中不忍讓遊民們失望，和太太馮笑燕商量後，決定在家中做一些三明治補足份量。幸大中設計出簡單的素三明治，兩片麵包加上起司、美乃滋、小黃瓜、洋蔥，就是美味的一餐。自己嘗過覺得好吃，找來還在高中讀書的義工法蘭克試吃，法蘭克吃完大讚：「叔叔，好好吃！」

「叔叔，好好吃」這五個字，把幸氏廚房的素三明治，推上了遊民街頭。過了一段時日，第二家麵包店也倒閉，不再有剩餘麵包，幸大中夫婦決定繼續做三明治到街頭送暖。他們夫婦倆，加上來參與的義工露露，三個人每星期五做一百五十個三明治，由幸大中邀約伙伴開車到遊民區分發。

幸太太馮笑燕堅持上街頭時一定要兩人同行，一方面為了安全，另一方面是讓駕駛專心開車，第二人可以從副駕駛座分發食物，這個做法，成了此後分送食物的雛形。

自二〇一〇年起，幸大中夫婦每週五在家中廚房製作一百五十份簡單的三明治，再買些水果和飲用水，開車在遊民區分送；夫婦兩人和偶爾來幫忙的義工們，一做做了五年，還以為會用這個模式長遠地做下去。

沒想到老天另有安排。

二〇一六年，加州的「幫幫忙基金會」知道幸大中夫婦在為遊民做餐送暖，捐贈他們六大包白米。大米在車庫放了幾個月，幸大中進出車庫，總要繞過米包。大中看著，想不出方法，因為做三明治簡單方便，不需要太多人手。而要動到白米，就需要電鍋煮飯，需要配菜，裝便當盒，這些都是考驗人力物力的事情。

最終，為了不辜負幫幫忙基金會送米的好意，幸大中決定試做中餐，他仍然記得第一次嘗試，夫婦二人加上義工露露，手忙腳亂的從四點開始，到晚上九點，才做了五十七份便當。「再不走，遊民都要餓了睡了。」幸大中只好抓著出師失敗的五十七個便當，急忙出門。

那晚，被拖遲兩個小時的發送，只有平時三分之一的數量，遊民們都很失望，疲憊的幸大中告訴自己：「太麻煩了，這是最後一次做中餐便當，還是回到三明治的原章節吧！」

在那天回家的路上，幸大中這樣決定。

但是，出現了一位名叫 Baby Bon 的遊民……

## Baby Bon

Baby Bon 是遊民區的老住戶。義工歐沛林四十幾年前曾經在市中心商業區做過十幾年零售生意，那時，Baby Bon 還是個不到十歲的小孩子，就已在街上廝混了，他靠著替人們跑腿擦車窗賺點生活費。幾十年過去，這些街道就是他的家。沒有人知道，也許從來沒有人問過，這幾十年間，他可曾踏足走出過這個橫豎六條街的四方形區域？

遊民區中，有許多人和他同樣的，就在這裡過了一輩子的日出日落，冬寒夏暑。這區域裡的居民錯身而過時，彼此很少交錯眼神，更不要說打招呼問身世這些社交行為了。少惹麻煩，能活過明天，是街頭最重要的功課。

從雷牧師開始街頭傳道起，Baby Bon 總是準時來領取食物，義工們喜歡他純真又滿足的笑容，彷彿拿到手中這一頓飯，自己就成了這世上最富足的人。

幸大中再去分送食物時，Baby Bon 拿到三明治後，抬頭看著分送食物的幸大中問：「沒有中國食物？」

「沒有，以後都不會有，做起來太麻煩。」幸大中一邊說著，一邊招呼下一位遊民。

「啊，」Baby Bon 露出渴望又失望的神色：「那個中國便當好好吃啊！」

開車回家的路上，幸大中一直想著 baby Bon 渴望的臉色。

「那個中國便當好好吃啊！」也許是這個略為失智的初老男人，這一生唯一的渴望。而自己是可以幫他達到夢想的……

## 死囝仔

「死囝仔！」叫罵聲從身後傳來，我和弟弟拚著命地跑，六歲的我和四歲的弟弟，心中都是同樣的念頭：「這次死定了。」

直到今天，沙媽媽應該已經到天堂歇息很久了，我們仍然不知道，那次，她認出了我們嗎？如果認出了，她為什麼沒有到爸媽面前告我們一狀？

年幼的時日很漫長，家中侷促又沒有任何玩具，我常帶著弟弟在人口密集的大雜院街道上走來走去。我們最大的樂趣，就是跑到公用廁所，不顧蒼蠅亂飛，臭氣沖天，蹲在地上彎下頭看裡面的人上廁所，還要故意發出好大的笑鬧聲：「這個屁股好大喔！」「哎呀好臭唷！」

遊戲玩久了，訓練有素，眼明手快，一聽到裡面的人準備開門，我們回頭就跑。當如厠完畢，氣沖沖往外走的倒霉鬼出來時，我們已經跑過半個街口了，縱使背後罵聲連連，我們也只是笑得天翻地覆，反正沒有人認得誰是誰，也從沒有失事過。

那一天活該倒楣，不知什麼原因，笑完「這個屁股好白好胖」，聽到裡面開門聲，我們正要逃時，弟弟絆了我一下，兩個人摔在一起，而從女廁所裡面出來瞪著我們的，居然是最兇悍的沙媽媽；爸爸最好兄弟沙叔叔的太太。

我和弟弟嚇昏了，爬起來就死命往前跑，沙媽媽在背後用臺灣話高聲罵著：「死囝仔！」我們跑回家，在床底下躲了好久。這件事讓我和弟弟提心吊膽好幾天，再不敢去公共廁所露面。

爸爸文人落難，卻很受附近鄉親尊重，大家有事都來家中請教。尤其是沙叔叔，舉凡夫婦吵架，鄰里失和，都來找爸爸想辦法。我們家小孩在大雜院中也無形中有些「模範生」的架勢。沙媽媽的大女兒和我在小學一年級同班，他們的小兒子和弟弟在幼稚園同班。事發後，我和弟弟每天心驚膽跳，真怕沙媽媽一嚷嚷，天就要塌下來了。等了很久，整件事無聲無息，沙媽媽很可能沒有對人提起過，也可能沒有認出我們兩個小毛頭，這件事也就沉寂了。

長大後，偶爾和弟弟提起童年，記憶中最深的，就是沙叔叔和沙媽媽一家人了。除了廁所偷看事件之外，也慨嘆著他們家的不幸：後來，沙姊姊的男友和沙弟弟一起闖蕩而出了事，那是法律最嚴苛的時期，男友和沙弟弟一起被判了「結夥搶劫，唯一死刑」。

那時我們已經搬離了東和寺大雜院，沙叔叔夫婦幾次來家中泣求爸爸幫忙想辦法，有什麼方法可想呢？每次看著沙叔叔扶著步履不穩，號哭震天的沙媽媽離去後，爸媽總在客廳對坐好久。

聽說沙叔叔沙媽媽把大雜院那遮風避雨的鐵屋賣了去救兒子，怎麼救得了呢？賣了房子後，他們要住那裡呢？再後來，沙叔叔沙媽媽就從我們生活言談中消失了，爸媽移民美國後，更是完全斷了消息。

廿幾年前，偶然在報上看到沙姊姊的名字，卻是因為在中國牽扯到詐騙而被捕的消息，我們對那邊人生地不熟，連要打聽都不知何處下手。算起來那時沙叔叔沙媽媽都已經是八十高齡的人了，我自私地希望他們已經早早去了天堂，不要再次面對這種打擊。

就和 Baby Bon 一樣，沙弟弟和沙姊姊一生沒有機會昂首邁過自己的出身。被留在原地的人群，只顧著用各種手段求一份溫飽，沒有資源，沒有機會。而當他們咬牙走出來時，他們不知道該用什麼面貌面對陌生的環境。就算在大雜院中用以爭權奪利的凶狠，走到法律面前，也只能滿盤皆輸。這樣想著，我居然有些為 Baby Bon

慶幸，至少，他還活著。

## 中餐食盒

Baby Bon 對中餐的渴望，讓幸大中開始做中餐食盒分給遊民，讓他們可以享受到中餐的美味，而不只是一份草草果腹的三明治。

大中邀來更多義工，擠在他家小小的廚房中，四個電鍋趕著做飯，義工們輪番在爐子前翻、炒、切、炸，做一百五十個便當需要的人力和食材驚人，總是把廚房塞得轉不過身來。每個星期五像打仗似的，手忙腳亂，卻也總是準時做出便當，為遊民們送暖。

遊民們看到暖食盒中好吃的中國菜，都笑開臉，每個星期五的送餐車到達時，總有許多人排隊等在路邊，等著好好飽食一次。

## 與饅頭基金會交集

王作成是洛杉磯有名的中醫，他曾安置從獄中服刑剛滿的雷牧師，一起在遊民區發放食物服務遊民。

從職場退休後，王醫生偶然發現美墨邊境有許多貧困無助的墨西哥人，生病無法治療，常常命懸一線，尤其是兒童死亡率超高。王作成決定每週義診四天，星期一到墨西哥邊境去替貧戶針灸，星期四回家，王作成說：「不論多疲累，都做得非常開心，因為知道自己在救人生命。」

墨西哥人篤信天主教，幾乎家家戶戶都供奉聖母像和串珠。有一次，王師兄看到一幅聖母瑪利亞的畫像，覺得聖母似乎在對他訴說什麼，他心有所感，對著畫像發下宏願：「聖母，這些是你愛的子民，你把我放在這裡，我答應你我會盡全力救助他們。但是你也要答應我兩個條件。」

和聖母瑪利亞談條件？我嚇了一跳，覺得這位醫生向天借膽子了。

原來王醫生九十歲的媽媽，體弱多病常常進出急診室，他每週四天在墨西哥義診，最放心不下的，就是怕老媽媽出事。王醫生向聖母瑪利亞祈求：「我用我的心力救助你的子民，但你要負責保護我媽媽的健康和安全。」說也奇怪，王媽媽在那次以後，身體逐漸好轉，再也不需奔波急診室了。

第二個條件呢？王作成告訴聖母瑪利亞：「我是個醫生，不是生意人，我做義診，你要負責經費，我是沒辦法拉下臉來去和親朋好友募款的。」

不知道聖母瑪利亞有沒有聽到王作成開出的條件，但是知道他義行的人越來越多，不斷有捐款進來，王作成為了讓捐款帳目清楚，於二〇一一年創辦饅頭基金會。

基金會的英文名字開宗名義：「Care Mission」關懷為最大宗旨，而不對外募款，也成了基金會的傳統。理事藍祖琳表示：「大多數人為了要辦活動，會先成立基金會，我們剛好相反，辦了許多活動後，覺得需要把事情做得更完善，把帳務做清楚，才成立了基金會。」

基金會取名饅頭，是藍祖琳的主意，一方面是因為創辦人王作成手作的饅頭遠近馳名。另一個主要的原因，藍祖琳表示：「饅頭樸實無華，沒有味道，但咀嚼起來有絲絲甜味，那是因為是用手工揉出來的。而且饅頭能填飽肚子，是人世間最基本的想望。」王作成對饅頭基金會這個名字非常滿意，他認為一般基金會不論是多麼美妙的名目，聽過總容易忘記，但是饅頭基金會，過耳難忘。

二〇一一年饅頭基金會創辦後，王作成的工作重點仍然在為墨西哥貧困民眾做義診，工作越來越忙碌，除了針灸外，已經在各方人士的幫忙下，發展出中醫、西醫、牙醫及心理健康四個部門。同時，王作成注重教育，他覺得只有從教育翻身，才是真正的翻身，所以也在墨西哥成立希望學校。

為了方便做饅頭和大家分享，他將家中後院改成廚房模式，除了做饅頭，也做餐點帶到墨西哥分給貧民。

二〇一六年，幸大中用完家中六包大米後，知道「幫幫忙基金會」也送了六包白米給「饅頭基金會」，所以跑去問王作成：「你那六包米有用嗎？可以給我嗎？」

王作成一口答應，而在得知義工們每週五需要擠在幸大中家廚房準備餐點，就加了一句：「到我們基金會廚房來吧！」就這樣，幸大中的私人廚房熱食活動，在二〇一六年和饅頭基金會交集，有更多的義工，有大廚房大鍋爐，一切都系統化了。

從二〇一〇年起，幸大中夫婦在自家小廚房中獨力支撐著這個活動，而現在，饅頭基金會加入了。義工們決定增加送餐的次數，每週三次，在星期二、三、五晚間分送，每次準備兩百個便當，菜肴固定不變。

## 八十位義工

分送便當的日子，義工們通常下午四點到達，在廚房的大鐵桌放上八個菜板，分組開始切洗主要菜肴：包心菜、洋蔥、素魚丸，另有一批義工開始打蛋，男士們準備用大電鍋煮飯。

我走進廚房幫忙，被安排到藍媽媽組，有四位義工已在鐵桌前切菜。我帶著口罩和大家打招呼。藍媽媽交代我要戴髮帽，穿圍裙，戴上塑膠手套，一切一定要按照衛生局的要求。藍媽媽說：「遊民也是人，我們既然要做飯給他們吃，就要為他們的安全把關。」

正說著，義工把一大袋二十磅裝的冰凍素魚丸放在桌上。我還在傷腦筋冰凍魚丸怎麼切，小組長藍媽媽一把抱起二十磅裝凍成一大塊的魚丸，放到水龍頭下開始用水沖洗。旁邊的義工告訴我，藍媽媽已經九十二歲了。九十二歲了怎麼還在外面趴趴走？藍媽媽告訴我，自從二〇一一年饅頭基金會成立，她就每星期過來幫忙，風雨無阻。

細問之下，才知道藍媽媽的女兒祖琳當年是饅頭基金會的創辦人之一，因為當時她還在忙自己的工作和事業，所以除了管帳務和管雜物外，能親自出場的機會不多。反倒是藍媽媽，每星期準時報到，幾乎沒有缺席過。

切完菜，義工們各自喘口氣，有的人收拾東西，準備離去，有的義工坐在大桌旁吃兩口專為義工們準備的炒麵果腹。

切好的菜在大鐵鍋中由幾位男士接手奮力翻炒，傍晚六點，兩道大菜準時出爐，裝便當的義工分站鐵桌兩旁，將桌上的飯菜，分批裝到食盒中。做完自己的工作，義工彼此默默打個招呼，各自散去。

疫情前，最熱鬧的時候，曾經有八十幾位義工出現，為了讓大家都有事做，負責分配工作的小組長，還曾經規定每人只能工作十五分鐘就要換手。

我看到藍媽媽拿著花剪往外走，連忙跟出去。原來花園中的花木扶疏是這樣保持的。藍媽媽屈身在花枝間剪掉枯枝，再拿著小水壺澆水。整理完花園，廚房裡義工們也已經把便當裝到保暖箱，準備要出發去分送。

藍媽媽和藍大姊接手清潔整理工作，看著藍媽媽拿著垃圾袋往垃圾桶走去，我依稀記起在饅頭基金會的網站上，曾經看過一位手拿垃圾袋女士背影的照片，原來就是這位九十二歲的老太太。

整理完，兩人今天的工作結束了，藍大姊挽著藍媽媽邊和義工們打招呼，邊慢慢往外走，走過停車場的小花園，藍媽媽指著花園對藍大姊說些什麼，藍大姊頻頻點頭。我看著她們的背影，想著這是多麼被祝福的一家人，一星期有三個下午，她們把自己奉獻出來，為最低層的可憐人準備晚餐，就像藍大姊一再說的「希望世間再也沒有人餓肚子」。

那些遊民們狼吞虎嚥的時候，並不知道有這樣一對母女和一群來自各階層的義工在為他們默默服務，看著她們母女倆走遠的背影，我覺得天地突然明朗溫暖起來……

## 上路囉

十幾個放食盒的保暖箱，還有搭配的飲料及水果已經被年輕義工安置在車廂後座。七點整，我和負責送飯的義工團坐上便當車出發，開始今晚的分送工作。通常一輛車上有四位義工，到了目的地，正駕駛放慢駕駛速度，拿出揚聲器大聲呼喊「hot food，water」、「hot food，banana」，副駕駛負責分送飲料，後面乘客座的兩位義工負責遞出水果和食盒。

本以為車子會直奔遊民集中區，沒有想到第一站停留的是「家德寶」的大停車場，隨車義工跟我解釋，家德寶停車場有一個大涼棚，等在裡面的，都是一早就來在此等待想打零工的中南美洲人。過了晚上七點，若是看到涼亭下沒有人，大家都特別開心，知道今天工人們都找到工作，有收入了。若是看到還有人在這裡等候，知道他們苦等了一天，沒有工作沒有收入，奉上一個溫暖的便當，一瓶涼水，讓他們可以補充力氣，面對明天。

這些人，是今晚我們遇到的人中，比較幸運的一群，因為他們今天還可以回家，對明天還有盼望，這是他們和斯基德羅（Skid Row）遊民們最大的不同。

## 斯基德羅遊民區

洛杉磯是全美國無家可歸人口第二多的城市，僅次於紐約市，這也意味著加州及洛杉磯在全國遊民問題解決上扮演著非常重要的角色。

加州州長 Nelson 表示，政府已投入約兩百四十一億美金用於清理街道和提供住房，但他也坦承問題的頑固性。政府撥款想要蓋可負擔的房屋，提供遊民居住，但是每次提出議題，當地居民一定竭力反對，怕這些遊民的遷入拉低了地區地產的價值，另一個人人皆知卻又不便明說的事實是，他們更擔心自己社區的安全，這是兩難無解的狀況。

州政府不願意遊民到處安篷落戶，就默契地讓大家漸漸往市中心區域集中，形成洛杉磯的斯基德羅遊民區。斯基德羅有著悠久的歷史，她早在廿世紀初就成了流浪者和遊民的聚集地，街道上有大量的帳篷和空紙箱搭成的臨時住所，而臨時帳篷間的空地上，則睡滿了一無所有，倒地而眠的人群。

斯基德羅大致界定在洛杉磯市中心的以下範圍：北起第三街，南至第七街，東從阿拉米達大道，西至緬因街，橫七豎八共占了五十多個街區。

一九七六年，洛杉磯市政府將斯基德羅劃為一個「封閉區」，大多數無家可歸者的服務設施及慈善機構皆集中在這個區域，以將他們與城市其他部分隔離開來，至此，斯基德羅成為流浪者及遊民的法定聚集區。白天商店開門，觀光客密集，是購買平價品的好地方，但一到傍晚六點商店關門，遊民們紛紛出來占地為安，漸漸此地藏汙納垢，毒品橫流。

為了應對日益惡化的治安狀況，市政府在二〇〇六年提出「安全城市計畫」，這是由洛杉磯警察局（LAPD）發起的一項大型執法行動，目的在減少斯基德羅的犯罪、毒品活動和無家可歸者問題。然而，這個立場正確的計畫，卻因過度執法和侵犯民權而受到廣泛批評，最終被逐步取消，美國是個以民主精神建國的國家，人權仍然是國民最看重的一件事。當治安碰撞到人權時，不少維權組織同聲協力禁止執法單位侵犯人權，即使是無家可歸的遊民，憲法仍給他平等的權利。又是兩難無解的狀況。

而二〇一九年發生的公共衛生危機，再次讓這個地區惡名昭彰。由於惡劣的生活條件和衛生設施缺乏，斯基德羅爆發了多起傳染病疫情，包括傷寒和其他感染，引發了市政府的緊急衛生部門干預。

然而奇怪的是，二〇二〇年疫情最嚴重的時間，這一片人口密集的遊民區，卻沒有特別高的感染率。美國衛生及管理單位仍在做各種研究，想要研究出這一片缺少管理，骯髒混亂的地區，為什麼逃過了新冠這一劫。

持續的毒品危機是斯基德羅最讓人詬病的地方。這裡長期以來一直是洛杉磯毒品問題的重災區，特別是近年來冰毒（甲基苯丙胺）的濫用猖獗，導致該地區的犯罪和健康問題日益嚴重。斯基德羅的情況反映了無家可歸者問題的複雜性和挑戰，需要企業、政府、民間及非盈利組織的協同，各方拋棄成見，找出可行的解決方案。

以地理位置來說，越靠近中心的區域，居住的遊民資格越老，也有更多的問題，包括酒精、毒品、幫派及心理健康。隨著時間的推移，加上疫情期間商業區關閉，這裡完全成為一個社會邊緣人群的集中地，許多退伍軍人、失業工人和心理健康問題患者聚集在這裡。

因景氣不好，臨時失業而新加入的遊民，或者仍有上進心不願意永遠沉浸在這個區塊的人士們，就在斯基德羅的外圍搭帳篷，地理位置的原因，使他們很難接觸到政府安排在斯基德羅中心的服務設施及慈善機構，所以這些新進遊民獲得外來資源的機會比較少，而饅頭基金會的義工們，總是開車在這些外圍街道繞行，為他們打氣，送上一個熱烘烘的飯盒。

## 感恩的心，感謝有你

在家德寶分發完了第一批食物，我們從高速公路直奔目的地，開車的大中突然開口：「對這些人，我充滿了感恩。」感恩？我不解的看著他，明明是出錢出力辛勞奔波去招呼這些需要幫助的人，應該是被感恩的對象，怎麼要去感恩別人呢？

大中和兩位義工跟我分享他們的理念：「我們身在福中，人生一場，總該為別人做些什麼，如果不是有這些落難失意的人，我們就算想要幫忙奉獻，都不知該從何下手。這樣想的話，豈不是這些人用自己的苦難提供給我做好事的機會，我們當然應該感恩。」也因為這個理念，義工們總是用禮敬的態度分發食物。

車開進遊民集中區，大中拿出喇叭對外面呼喊「hot food, banana」、「hot food, water」，四方街角，緩緩有人走出來，靠近車子，領取食物。我在副駕駛座，負責分發飲水，坐在後窗的沛林和瓊安，負責發送便當水果。對著每位來領取食物的遊民，沛林和瓊安不停熱心的說：「謝謝，謝謝」、「神會保佑你」。

我似乎有些明白他們告訴我感恩的感覺了，他們不只是口頭上說一說，他們是用尊重的態度對待每一位拿取便當的人。

有位男士坐在街邊石上，遠遠對我揮手「給我一杯飲料」，我不假思索，熱心的丟了一罐飲水給他。後座義工立即阻止我，告訴我大家的習慣，絕不拋擲食物飲水。「想想看，每一滴水，每一份菜，都是義工們辛辛苦苦做出來的，我們絕對不可以輕忽。」

這樣一個毫無預定章程的活動，義工們來來去去，居然風雨無阻的前後執行了十八年，平均一週準備六百到一千兩百個便當，每年近六萬個。義工們沒有紛爭，彼此以禮相待，大家同心一意把事情做好，而且都說自己要做到做不動的那一天。原來，這些人的心都是如此柔軟和體貼，尊重每一位眾生。

「詹姆斯，你好啊。」一位初老的黑人男士，一口氣拿了好幾份便當，大中對我介紹，詹姆斯從非洲一個小國來到了美國，在大學讀會計，拿到了會計師執照，應該是最穩定的工作，曾是加州長堤市（Long Beach）市政府的稽查員，疫情期間失業後住不起公寓，就淪落到了街頭。

每次拿便當時，他總是禮貌的說謝謝，告訴義工們，有一天他經濟好轉，也要做這些事來幫助別人。大中告訴他：「做好事每天都可以，只要把感謝的心化成愛心，幫助別人常常只是舉手之勞，不需要等到未來的某一天。」

本只是街頭閒談，也沒有人在意。但下一次去，剛好天陰下細雨，車開到固定發放便當的地方，遠遠便看到詹姆斯撐傘等著，他笑著說：「我想幫忙派發便當，免得行動不便或沒有傘的朋友淋濕……」

下雨天替無法行動的街友把便當送到落腳處，本來是幸大中的工作，他總是穿件大大的防雨夾克，冒雨做這件事，他說：「我淋濕了回家洗個熱水澡就可以了，這些街友冒雨出來拿個便當，衣物一個晚上一定乾不了，也許明天就生病了。」後來在這附近一帶，詹姆斯就攬下了這份工作，總是在雨中拿著雨傘奔波。

白天，詹姆斯到圖書館去看看書，發出尋找工作的履歷表，但是一個從非洲過來的中年黑人，專精的是會計工作，在高呼著不要種族歧視的美國這個國家，他能有多少機會呢？沒有永久地址，讓求職的路雪上加霜。他也想過回家鄉，但是想想看，出來一趟，回去生活不見得會好過今天的街邊生活，就打消了回家的念頭，在街邊留了下來。

截至二〇二三年，美國共有約六十五萬三千一百零四人無家可歸，這比前一年增加了百分之十二。是自二〇〇七年開始追蹤報告以來，單夜無家可歸人口最高的一次。這個情況持續惡化，數字仍然在急遽增加中。無家可歸人口中，大約百分之六十點五是男性，百分之八點三是女性，百分之一點二是跨性別者或非二元性別者。而族裔中，非裔美國人和拉丁裔占有較高比例，最近幾年，也有亞裔人士逐年增加的現象。

而全美有十一萬一千六百二十名無家可歸兒童，其中一萬零五百四十八名兒童生活在戶外，超過三千名無家可歸兒童沒有監護人。年過一年，這些無家可歸的兒童，也毫無選擇地成了遊民。

加州擁有全美國總數三分之一的遊民。大洛杉磯縣有約七萬五千五百一十八名遊民，而洛杉磯市中心內則有約四萬六千兩百六十名遊民。

詹姆斯只是這些數字其中之一，義工們每次去，看他仍熱心的當著街頭義工，都覺得鬆了一口氣，因為沒有人知道，明天他會在那裡。

送飯車後照鏡上，貼著一張照片，是一位模糊的身影，跪在馬路中間。我忍不住詢問怎麼回事。原來是有一次，義工們開著兩部車一起出去發便當，當前車把便當送出去，繼續往前開走後，有一位拿到便當的人士，對著車子跪了下來。開車的義工沒有看到，繼續往前開，後面跟車的朋友，立刻拍下這一幕，照相的義工遺憾照得不清楚，其他義工們卻慶幸照片不清楚，他們才可以把照片貼在車上，感受著這位人士為了一個小小便當，用自己身體表達出無言的感恩，這是人性最最溫暖的光芒，而義工們也用這張照片彼此勉勵，要努力把活動做下去，因為一個小小的便當，也許是某一位人士唯一的明天。

另外有一位墨西哥遊民，每次拿到便當後，總是靜靜的佇立街邊，把食盒，水果和水高舉過頭，默默對天祈禱兩三分鐘。為此大家養成習慣，不論哪一位義工開車，總是停下來，等他祈禱祝謝的行為做完以後，才繼續開車往前。我們深信，祝禱表示他仍對明天充滿期待。

## 兩筆善款

在洛杉磯路邊提供食物給遊民這個活動，前後有十八個年頭了：風雨無阻，節慶照舊。因為「風雨中，遊民們仍然會肚子餓，而一般大眾歡天喜慶的節慶日，也是遊民們最需要被關照的時候。」

在饅頭基金會成立時，義工們彼此有默契：絕對不主動對外募款，絕不打鑼敲鼓徵求義工。他們相信只要盡心去做該做的事，老天自有安排。

基金會開始獨立作業到現在，每當有缺乏時，總有外力補上來，第一次以為是湊巧，第二次以為是運氣好，久了，大家習以為常，把它當作定律：只要專心善意的做該做的事，老天自有安排，絕對不會缺乏。

在善款中，有兩筆捐款是他們最珍惜的。一次，正在路邊發送便當，義工告訴領隊，有人要捐款。領隊走過去，這位瘦弱的黑人女士打開她的包包，把裡面僅有的兩張一元鈔票掏出來，交給領隊，說：「我要盡一點點心力，希望對你們有些幫助。」領隊和義工要求和這位女士合照，留做紀念，告訴她：「妳捐出來的並不只是一點心力，是妳的所有，我們非常感激。」

另有一次，有位文靜的墨西哥女士，找到基金會來，捐出了一百美金。這位女士告訴大家：她曾經也是街邊的遊民，吃過好幾次基金會發放的熱便當，但是有一天，她告訴自己，再不走出來，就會爛根在遊民區了。她拚盡全力，放下自尊，託親求友，努力辛苦，終於找到了看護的工作，租了一個小公寓，生活安定了，第一件事就是找到基金會來說一聲謝謝。謝謝在她最孤苦無力的時候，義工們送上希望，告訴她「God Bless you」，告訴她「還有明天」。

在場的義工們彼此相望，告訴這位女士，他們才要說無數聲謝謝，謝謝這個溫暖的故事，讓他們知道自己多年的辛苦沒有白費。

能走出低層出身，有時是運氣，有時需要全家人齊心協力的努力。

## 龍門客棧餃子館

弟弟告訴我，前次他回臺灣，特別跑去「龍門客棧餃子館」，吃了他們拿手的牛肉湯餃。「和小時候爸爸做給我們吃的一樣味道。」弟弟一再地說。

東和寺大雜院出身的三百多個家庭中，姜志民叔叔家開的「龍門客棧」，算是最成功的典範了。

在我小學六年級時，媽媽身體變得更糟糕，爸爸無法獨立照顧由麵攤擴張成的小飯店、生病的媽媽，及我們四個孩子，就把店賣了，在隔三條街外的紹興南街，買了一個有房有浴的違章水泥房，一家人算是安頓了下來，也永久離開了東和寺大雜院。

許是因為山東老鄉的故人情誼，在我們的「明湖春飯店」仍開店的時候，姜叔叔他們毫無動靜，直到我們把店賣了搬走後，姜叔叔他們一家才在自家前院開了個餃子攤，還用當時最有名的電影「龍門客棧」做店名。他們的前院，是我們小時候去上公共廁所必經之地，我們從小走熟了的。有時回大雜院去走走，總看到姜叔叔一家大小在門口忙和著。

小小的餃子館，勉強維持著一家人的生活，歲月過去，誠懇辛勤的付出有了代價，碰到臺灣經濟起飛，附近臺大法學院的學生常常去捧場，生意越來越好，名氣越來越旺，終於成了臺灣名店之一。東和寺拆遷後，他們在臺北鬧區開了好幾個分店。我曾看過一張店裡的海報，當爐下餃子的，是我的小學同班同學姜國梅，看著照片中熟悉又陌生的笑容，我笑了起來，老朋友，你們也熬出來了。真替你們高興。

我到網路上去追尋故人足跡，知道姜叔叔在幾年前以一百零一歲高壽過世。而我最開心的是看到姜叔叔後來和爸爸的好友張伯儒伯伯學了國畫，還一起開過師生展呢。

我想著，如果爸爸知道他的兩位好友在晚年成了師生，會多開心啊。另一方面，我也替姜叔叔慶幸，他在年輕時經歷過流亡，貧困，辛苦，到了晚年，生活無虞，還讓自己成了知名的藝術家。這是多麼好的人生次序啊。

而今晚我碰到的這幾位，卻沒有這麼幸運了。

## 街頭藝術家

他沒有告訴義工們他的名字，但他告訴所有人他的「好萊塢夢」。大家叫他麥可。從疫情期間開始注意到他，也有兩三年了。

中等個子，金色蓬鬆的頭髮還算整齊，卻已經開始稀疏，戴著一副寬邊眼鏡，留著俐落的落腮鬍，潔白的牙齒，總在T恤外面搭件乾淨的薄外套，整整齊齊。如果走在路上碰到，應該會禮貌自然地打聲招呼說聲「哎」，就是位平常的中產階級。而他文靜的長相和氣質，使他左額的那個刺青「She」少了一般刺青特有的狂野、奔放。

他住在一個小小帳篷中，每次領取便當，都笑著臉，禮貌的道謝。好幾次熱情的對送便當的義工說：「你們的食物太好吃了。」聽說他是從外州來洛杉磯追求「好萊塢夢」。大螢幕上的風光，和人生路上的曲曲折折，距離也許有一個銀河那麼寬廣吧，一個不當心，就跌落到日常生活的黑洞中了。

每當義工們的便當車到，麥可一定等在路邊，幫著接過便當，拿去分給帳篷中行動不便的鄰居們，我忍不住想，也許，他曾經是個童子軍，從小習慣日行一善，也許，故鄉的家人還在等著他發回的好訊息。當他離開家鄉時，有沒有殷殷牽掛的妻子對他的遠行送上祝福呢？

車子要走向下一站，我看著笑咪咪遠去的麥可，臉上仍然滿是熱誠和希望，真期待下次見面，會是在大螢幕上，雖然心知這種機會，就跟兩顆遙遠的行星要在廣闊的天空中相會一樣困難。

開車的大中也許體會到我的感觸，開始告訴我另外一個好萊塢夢的故事，只是故事比較久遠了。十二年前饅頭基金會剛開始沿路分發食物時，也曾碰到另外一位有明星夢的年輕男孩小區。

小區像個大學生，年輕活潑，他告訴義工，他是臨時演員，一邊打著零工一邊等待試鏡的機會，命運的輪子一個恍神，把他摔到工作常軌外，以為是短暫失業，很快就會回到正常的生活，但是碰到不景氣，一直無法找到工作，那時手機還沒開始流行，沒有了工作，沒有固定聯絡地址，就算有演出，經紀人可能也找不到他，就此失去了試鏡的機會。以為只是摔了一跤，卻再也沒有爬起來。

大中說一年一年發送便當，看著他年輕的臉，每年刻劃一些新的年輪，他自己似乎也感受到好萊塢離他越來越遠，漸漸不再提起試鏡和好萊塢，只默默的接過便當點點頭走開。疫情期間失去了小區的蹤影，此地不作興問來時和去處，義工們只能假設他找到了好機會，雖然心知疫情期間影劇界停擺，又接著影劇圈的大罷工，試鏡的機會幾乎是零。

在這裡，大家彼此很少說到明天，因為有時明天比意外更遙遠。

說到意外，義工們跟我說起一個意外的故事。

朗尼是音樂家，從小喜愛音樂，和四個好友共同組了一個樂團，大學畢業後就開著一輛大休旅車，在城鄉間巡迴表演，享受著表演時觀眾的尖叫和鼓掌聲，過得相當寫意。五個大男孩在奔波的行程中，慢慢變成成年人，以為路永遠順利地往下走，不用擔心盡頭，以為明天永遠會有年輕樂迷的尖叫聲，會有城鄉平凡工作大眾的羨慕眼光，唱完了這一場，結伴去酒吧鬧個天亮，再赴簽約的下一場。

意外比明天早到，一次，乘坐的旅行拖車起火，燒掉了他們所有隨身物品以及樂器，只救下一架鋼琴。五個人面面相覷，沒有隔宿糧，他們失去了謀生的樂器，就這樣解散了。

朗尼不知道其他四個夥伴去了哪裡，從此沒有再見過面。他帶著搶救下來的鋼琴搬到一個小公寓中，很快地因為付不出租金，被趕出來，就搬到有入口，卻很難找到出口的遊民區。沒有人知道朗尼為什麼不回故鄉，不去投親奔朋。洛杉磯的Sky Raw 遊民區外圍成了朗尼的永久居留處，鋼琴跟著他，成為他前半生留下唯一的紀念。

義工們告訴我，剛開始他們去分便當時，朗尼還會在帳篷旁的鋼琴上彈曲給他們聽，大家偶爾還會合起來打拍子唱唱歌。一次，警察大清掃，把鋼琴沒收丟掉，那之後，就沒有再聽過朗尼的鋼琴和歌聲了。

「朗尼後來怎麼了呢？」我忍不提出問題，沒有人可以回答。某年某月的某一天起，沒有再見到他，就這樣，不會再有人問起。

「希望你回家了」，我對那個曾經風光耀眼卻突然蒼老的男孩，默默獻上祝福，雖然我們從未見面，但是我似乎看到他笑彎了的眼睛，咧嘴大笑彈鋼琴高聲唱歌的樣子……

## 小李、小王、阿陳、小丁，便當來了——走線人

便當車走過一片帳篷，幸大中拿出廣播器，對著一個稍顯陳舊的帳篷親切地用中文呼喚：「小李、小王、阿陳、小丁，熱便當來了。」

我驚訝的看著四個眉清目秀，衣著整齊的年輕華人，從兩個帳篷中走出來，笑咪咪地和我們打招呼，道謝謝。

他們是俗稱的「走線人」，用護照到了南美洲，中國公民可以在厄瓜多免簽停留九十天，這是他們的起始點，靠著一個付費的微信群，彼此通訊，知道如何和鄰近的中國人接頭，在哪一段路程可以用什麼樣的交通工具過關，哪裡可以安全地找到食物。

四個月中，從南美的厄瓜多到哥倫比亞，進入中美洲的巴拿馬，通過巴拿馬運河區域，進入哥斯大黎加，沿著泛美公路北上，通過尼加拉瓜、洪都拉斯、薩爾瓦

多、瓜地馬拉，最終到了與美國國土相連的墨西哥，再從墨西哥邊境偷渡進入美國。

六千五百里的跋涉中，有山脈、河流、熱帶雨林、沙漠，在哥倫比亞到巴拿馬路上，有段「達連隘口」（Darién Gap），這片地區以險峻的地形和無法穿越的森林聞名。幾十哩路中間沒有連續的道路，只能靠小飛機或小船隻闖過每一個生死關。四個月，一百二十多天，要擔多少驚怕，度過多少生死劫？這些，是怎麼樣度過的呢？

他們笑笑不願意多談，也許不願意透漏太多訊息，阻礙了後來者，只說一切還好。

常聽聞美國兩黨輪番討論邊境非法偷渡問題，心中總覺得是美國和墨西哥兩國懸殊的貧富造成的現象，與我沒有什麼關連。如今看到同文同種的中國朋友，居然也是從這個邊界攀爬過來的，心中覺得疼惜和震撼。

「來到洛杉磯，仍然靠著微信彼此通訊，知道有些民宅提供床位，一個晚上十五美金。」一小小的一房公寓中，擠了十四個床墊，沒有隔牆，沒有任何保障，睡一個晚上，明天臨床又是其他的人。身在其中，總是下意識地緊緊抱緊隨身行李，有時，只是翻個身，東西就不見。

幾年前的走線人，一落地到了洛杉磯，隨便走到哪個餐廳，或到哪個工地，都可以找到工作。曾有走線的朋友，到洛杉磯後，被中部一家日本料理店僱去，兩年間學會了一手做壽司的本領，吃住都在店裡，沒有花費，工作兩年存下回老家買房子的本錢。

剛抵達的朋友，常彼此探問這家日本店的消息。然而，一家日本餐廳，又能提供多少圓夢的機會呢？

這兩年景氣不好，來的人又良莠不齊，八仙過海，各顯神通，有些不良律師，教他們一些旁門左道，譬如到商店去工作幾天，用沒有工作證及美國社會安全卡號的理由，要求老闆以現金支付薪水。過段時間，他們反控老闆雇用非法移民，稱說自己沒有拿到薪水，要去向有關當局提出控訴，用這種變相勒索的方法要到一筆賠償費，就坐飛機返國了。

一兩個案例出來，商家們彼此通告知，此後，老闆寧可自己下場端盤子，也不願意再雇用走線人。就這樣，來的人越來越多，工作機會越來越少，在華人聚集的蒙特利市，到處都是攜家帶眷，無所事事的走線人。過了邊界後，就直奔律師樓開始申請庇護，希望能求得一紙身份，在這個新世界合法的停留下來。

這四個在六千里跋涉中偶然遇到的年輕人，商量著申請過程長遠，十五美元一個晚上的住宿費，既不安全，而且很快就會把身上所帶不多的積蓄花光。大家決定合資買了兩個二手帳篷，在遊民區外圍擠到一個位子，每天彼此打氣，低調等待，白天就坐公車到中國城的成人學校學英文，只望能早日聽到律師樓帶來的好消息。

我擔心地提出疑問：「等待是條長遠又沒有盡頭的路途，如果空等了一場，還是拿不到身分呢？」他們相視而笑：「就買張機票回去唄，至少到過了美國。」

三十出頭的四個年紀年輕人，乾淨俐落，言談中沒有太多苦澀，他們不覺得走線和非法移民是什麼負面詞彙。

說到底，當年有多少長輩前輩是靠「走關東」闖出家業名堂的，走線的辛苦，就像當年闖關東一樣，至少現在大環境還安全些，有微信彼此通報消息，最壞情況就是搭飛機回老家。對他們而言，故鄉像一張機票這樣近，又是每個清晨月落漫漫無期等待消息那麼遠。

在繼續分送便當的路程中，我們又碰到一位背著行李的年輕華人，他說自己今天剛到，話語中有著對前途欣喜的盼望，我們給了他兩份便當，告訴他小李他們帳篷的位置，也許，他們可以在等待中彼此照顧。

彎進下一個街角，我看到一位滿臉鬍鬚，衣衫不整的華人，褲子鬆垮地用布帶繫在腰部，有條褲腿已破爛到露出大腿，把便當交給他時，他目光呆滯，惡臭撲鼻，而他雲南口音的喃喃自語已經言詞不清，我想著，不知道他的家人在哪裡？是在昆明大道的雜貨店裡忙碌，還是在螺髻山上摘弄藥材？家人們是用什麼樣的心思想起遠赴異鄉鍍金的他？幾年前，他是否也懷著小李他們今天的夢想？這個夢想是在他人生中哪一個段落走調的呢？

在這一大片的帳篷及瑟縮在路邊的遊民間，我突然好想家，想那個如今看去殘敗低矮，卻是爸媽用盡全力顧我們溫飽的小破屋……

## 我的家

一次和朋友聊天，討論到街友及遊民問題，好友說：「我也不是反對遊民，但是他們身上這麼臭，難道不能儘量保持乾淨嗎？」

我和女兒談到這件事，連帶談到小時候居住的地方。

在我們這個年紀層，說到當年的貧窮歲月，總是提到眷村，常常彼此互問：「你以前住的是哪個眷村？」

我總回答：「我們沒有眷村住。」因為爸爸是隨軍逃難出來，不是軍人，分不到眷村。大概是在哪個鄉親指點拉拔下，在路邊草草蓋個房子，就算成家立業了。我一直以為全臺灣都是這樣，三百住戶共用三間男廁三間女廁。

那時洗澡要去公共浴室，爸媽總是要存了好久才夠全家去一次。姊姊還記得，當年去公共浴室，爸媽總是多花錢替全家租個小浴間，而不是讓我們去廉價的男女共浴的大浴池。不論多苦，爸媽仍有著富貴人家的驕傲和堅持。

我欣慰地告訴女兒：「還好外公外婆當年都把我們弄得乾乾淨淨的。」在我們家唯一的房間中，擠放著一個大概一尺半直徑的大鋁盆，我站在中間，媽媽坐在鋁盆旁邊的小椅子上，用個勺子撈起旁邊小盆中的自來水從我頭上澆下，水冰冷冷，但我習以為常，那是我的洗澡。多久洗一次，就不記得了。

女兒靜默了一下，問我：「你真的知道你當年乾乾淨淨，沒有臭味嗎？你確定嗎？」我說是，再想一想，似乎又不那麼確定了。

前幾年，第一次到大學好友家，才知道她從高中起就住在民生社區三層樓的透天厝。

我驚訝地問老友：「你們家那麼大，當年你為什麼每天窩在我們家的小違章建築裡？」

她回說：「妳父母不讓妳出門，我們要找妳只能去你家了。」

隱隱間，我對爸媽獻上無限的感謝，一直到了很大的年紀，我才知道從小到長大的過程中，我們一直是貧戶，要靠著一次又一次申請「清寒獎學金」才能再繼續讀下面一學期的課業。但是爸媽在小小的屋簷下，盡全力維護我們溫飽，讓我以為當年的臺灣，大家都一樣窮困。爸媽總告訴我們，窮困不可怕，只要有志氣，就可以出頭。

如果爸爸那時每天怨天艾地，媽媽每天為了沒錢吃飯而和爸爸吵架，也許，今天我們會是另一個樣貌。如果，小時候的我，已經知道我是生長在一個貧戶家庭，我會怎麼長大呢？我會自慚形穢，不敢跟朋友交往嗎？

那時候，偶爾有叔叔伯伯會帶來一塊蛋糕，一盒餅乾。想起當時心中的歡欣，也許，那些善意，就是今天手中這個熱便當要傳遞的吧。

想著爸媽當年的困苦，如果他們今天還在，一定也會竭力幫助這些貧困的人，因為他們比誰都知道「一籌莫展」的滋味。

我想起義工孟伯伯，難道他也是曾經窮過，所以總是特別熱心……

## 三代同堂vs三代同堂

從臺灣來美國探親的孟伯伯，和住在此地的兒子孟翰，常帶著孫子提摩西一起到饅頭基金會做義工。每週三天，這有愛心的三代人，在基金會的廚房奔波，碰到了相對一笑，又回頭繼續去忙手中分配到的工作。看到他們三人，周遭義工們都覺得暖洋洋的。孟翰和幾位力壯的中年男士負責在大爐前掌勺，鐵鏟在兩個兩尺寬的大鐵鍋中翻飛，讓菜肴慢慢燉熟，準備化作人世間的信息，為涼夜中的街友們，帶去一些罕有的溫暖。

廚房忙著炒菜時，義工們已收起菜刀菜板，清理桌子，開始拿出叉匙，紙盒，保溫箱，準備著菜肴好了以後的分裝工作。

義工中有很多像提摩西一樣的年輕臉孔，這些高中小饅頭加入時也許只是為了拿些課外活動的服務時數，但做著做著，這裡成了下課後急著想來走動的地方，他們由心底愛上這個活動，這個「家」。很多已經高中畢業去讀大學的孩子，總在暑假的時候返回基地，跟著大家一起忙活。

負責小饅頭活動的葛瑞絲告訴我，從准許高中生加入活動以來，已經有超過兩百位學生，因為工作超過兩百五十小時而得到總統義工獎的殊榮。

小饅頭目前主要的工作有兩項，一是在現場幫忙分裝便當，先將便當放入保溫箱中，再把十幾個保溫箱疊放在便當車後箱中。

另一個工作，就是在家中做餅乾，帶到基金會來，由基金會分發出去。在家中做餅乾這個傳統，起源於二〇二〇年疫情擴散，洛杉磯全面封城，小饅頭們關在家中，焦急著少吃缺住的遊民們怎麼辦？主辦人幸大中人飢己飢，曾想過要冒險繼續分送便當，但顧慮到政府規定及大家的安全，只好把計劃擱下來。突然有義工收到市中心 Mission center 電郵，問可否替遊民們做些餅乾充飢。大家決定由年輕人在家中做餅乾，由幾位義工去一家一家收集，集中起來，再按地區分送給各地遊民。

封城的最危急時間過了後，饅頭基金會恢復為遊民提供熱便當，但是小饅頭和家長們已經習慣在家中為遊民做餅乾，所以這個傳統就保留了下來。負責餅乾部分的義工，每星期二下午把各家做好的餅乾收集好，放在廚房大廳桌上，第二天，由主辦的義工分發給不同地區的遊民。

三代同堂的孟伯伯一家，在一次分送食物時，偶然發現了淒苦的三代同堂街友：滿臉皺紋的老母親，瘦弱到臉上看不到一絲肌肉，愁眉伴著滿面病容的中年兒子，旁邊還跟著一個小孫子，三個人在冷風中瑟縮街頭，擠成小小的一團，靠彼此身上的溫度，增加一點點已經感受不到的溫暖。

那次，大風雨中，義工們將準備好的小小帳篷，沿途分發給冷風雨中發抖的街友。義工沛林將帳篷交給中年兒子，對方微弱的點頭道謝。

走了兩步，沛林注意到他們三人並未像其他街友一樣，立即起身把帳篷撐起來準備進去躲雨，沛林心中一動，走回去問他：「你坐不起來，是嗎？」

對方微弱的點點頭。沛林向身邊的孟瀚說：「我們替他組裝起來吧。」顧不得風雨及髒亂，孟伯伯，孟瀚及沛林把小帳篷組好，幫著祖孫三代遲緩地鑽了進去，把他們的道謝感恩、滿臉雨絲淚水放在心底，希望他們可以度過這個寒冬。

大家以為總算放下一件心事，沒想到下個星期過去分送便當時，看到這三位街友又瑟瑟的擠成一團坐臥在風雨中。沛林好奇地問他們，帳篷呢？

老媽媽無奈地說：「被偷了。」

有三個人擠在裡面的帳篷，怎麼可能被偷呢？義工們心中有數，這是一個弱肉強食的地方，手無寸鐵渾身是病的老弱傷殘，能保得住什麼？

他們回車上拿下多帶的一份帳篷，再次替老媽媽一家搭建避風所，從頭到尾，病弱的中年兒子只是閉眼瑟縮在牆邊，小孫子一下一下輕摸著他的腮。突然，老媽媽抱著孟伯伯和孟瀚放聲嚎啕大哭，哭聲乾乾哀哀地在風雨的街道上流轉，流過中年兒子滿臉的愧疚，流過小小孫兒不解世情的面孔，流過街道上同病相憐面無表情的人們，流過不知道要以什麼樣貌來到的明天，流轉回旋……

「一個便當一個帳篷，就是遊民的所有。」沛林當晚在他的臉書上這樣寫著。

後來，風雨過後，他們沒有再看過這祖孫三代……

孟伯伯一家三口，仍然繼續來幫忙。

## 律師索菲亞

義工們繞了一個街區，到一家超市的停車場，把特別保留的最後一個便當，交給等在路邊的索菲亞。眼前這個面目姣好的女孩，雖然不太會說英文，但乾淨的衣著，文質彬彬的態度，像個知識分子，讓我很難把她和遊民兩個字連起來。

她拿到便當，對義工們恭敬地鞠了一個躬，就翻身鑽進了停在路邊的小 Nissan 車中。

不等我好奇地發問，資深的義工們搶著告訴我有關她的傳奇故事：

索菲亞三十歲剛出頭，在墨西哥某個小鎮當過一年的民事律師，她在大學時候，偶然看過 Metallica（金屬製品）樂團的表演。

二〇一二年，金屬製品在墨西哥自主大學體育場進行了八場的演出，吸引了十六萬觀眾，其中大部分是年輕少女。剛進大學的索菲亞聽完演唱後為之瘋狂，和十幾個同學在學校成立社團，一路追蹤樂團的消息。她們自己製作樂團的表演服裝，模仿他們的唱歌方式。

大學畢業後，同學們走到各自的人生旅途中，索菲亞也在法學院畢業後，進到律師樓做了律師。在某一次心情低潮的時候，她決定丟下一切，到洛杉磯來尋找她的樂團偶像。

在墨西哥小鎮長大的女孩，來到美國，才知道世界之大。金屬製品樂團的總部在洛杉磯市中心高樓間，然而，他們的大部分活動和歷史都與舊金山灣區有更深的聯繫，早期的許多創作和錄音工作都是在那裡完成的。洛杉磯是他們的一個重要據點，門口警衛森嚴，連大門都進不去。而且這個總部只有工作人員，樂團全年在世界各地奔波表演，也許從來沒有到過總部呢！

索菲亞來到之後發現，在洛杉磯這個大都市中，沒有保證人，沒有信用資料，沒有工作，就算有錢，也無法租到一個最小的公寓。她到底是讀過書有知識見解的女孩子，知道絕對不能住到帳篷，一住進去可能就出不來了。所以她用身上全部積蓄買了一部破舊的小汽車，把遊民區邊界的一個超市停車場當作長久地基，在這裡住了一年多了。

附近辦公大樓一些時髦女士，口耳相傳，輾轉得知索菲亞因為大學時期製作戲服練就一手好針線，偶爾把她接到家中，一起去買布，裁剪，託索菲亞做一件絕不會和別人撞衫，式樣別緻奇巧的新衣服，她就靠著賺來的手工錢度日。

有熱心人知道索菲亞擅長縫紉，想把家中多餘的縫紉機送給她，讓她工作更方便，但她搖頭拒絕了，那部小小車子，放滿了必要的生活物品，實在擺不下任何多餘的東西了，即使是可以讓她增加生計的一台小小縫紉機。

我忍不住想，在這個橫跨七條街區中的帳篷底下，應該也有很多有能力的人，但是離開了家，沒有手機，沒有聯絡方法，沒有永久地址，有多少到門口的機會會錯身而過？在這高度競爭，瞬息萬變的資本社會裡，怎麼能抓住就業的機會呢？

根據洛杉磯無家可歸者服務管理局（LAHSA）的數據，洛杉磯市約有一萬八千九百零四名車輛居住者。他們以車當家，這些人通常面臨嚴重的健康問題和生活困難，在遊民和正常住戶之間擺盪，丟失的機會越來越多，回歸正常生活的機緣愈來愈少，鐘擺最終會停在哪裡呢？

自二〇二二年起，美國生活在貧窮線以下的居民，占百分之十二點八，換句話說，每九個人中，就有一人是赤貧。貧窮線指的是個人年收入低於一萬三千五百美元（平均月收入一千一百二十五美元），或家庭年收入低於兩萬五千美元（月入兩千零八十美元）。而在洛杉磯市，一房一浴的公寓，平均房租是兩千五百美元。

有些中西部的區域，貧民占人口總數的百分之四十。據調查，美國有百分之四十九的人口，和貧窮線只有一張薪水支票（pay check）的距離。在美國的勞動市場，一般是兩星期發一次薪水，因為很多人等不了一個月領一次薪水。這個世界大國，居然有這麼多人民，只要碰上一個車禍，生場疾病，或職業變換得不夠順利，也許就要流落街頭了。

這些數據只是報導中的一個小篇幅，但是身歷其境，走在洛杉磯的遊民集中區，我忍不住想著，你們中間有多少人，只是一個小小意外，就摔到這裡生根了呢？

當年，年幼的我們，靠著政府的清寒獎學金，藉著教育走出大雜院。如今，這個號稱世界第一強國——美國，這麼多有技藝有知識的成人，卻跌落在遊民區內，不知何時可以翻身。

而我們能做的，只是一個小小的便當……

## 評審評語——

本篇作品故事完整，以一群在洛杉磯擔任志工的華人為主，描述他們在複雜無比、暴力充斥、販毒與黑道時時來威脅的環境下，仍堅持理想，為缺食的街頭流浪漢提供食物，即使疫情下，仍未放棄。

此文描寫有諸多動人的細節，幾個主要人物的刻劃也非常生動，有現場感，有生命故事的深度。而在全局的觀照上，則從一個街角的故事，關懷到無家者的個人命運，以及全美國總體無家者問題的思考。

本篇作品視野寬廣，文學描述功力好，敘事能力強，是其優點。但文中寫及的某一些資料，卻未交待它與全文的關連，彷彿引用了尚未消化的資訊，顯得突兀而失去全篇的完整性，以此缺點而未能得到首獎。這是殊為可惜之處。

——楊渡

# 獲獎感言——

完成田野調查次日，測出新冠，離截稿只剩二十二天。發燒昏沉中，摸著手中的草稿和照片，想著，放棄了。

盧美杏老師知道後問：「那些被訪問的人，你的初心，都不管了？」她不知道當時的我已經因病失去了嗅覺，記憶中最後的氣味，是探訪遊民區時滿天的腥騷。

匆忙完稿，在按下「送出」鍵前，已三天未眠。看到是第二名，而第一名從缺時，我笑了，佩服評審的火眼金睛，知道我的力有未逮。

謝謝那些用生命做音符，讓我譜成篇章的人們。

# 叁獎

第十四屆
全球華文文學星雲獎
報導文學

# 金珠・哈里斯

**李佳懷**
中國科技大學影視設計系副教授級專業技術人員

**學歷——**

淡江大學中國文學學系博士班

**經歷——**

二〇二四書寫臺中城報導文學獎第一名〈廢墟的呼喚：北溝故宮的重生與挑戰〉

導演紀錄片《繪有希望的》，榮獲Accolade全球電影競賽二〇二三年最佳紀錄短片、原創音樂獎、第五十七屆美國休士頓影展教育類金獎

# 金珠・哈里斯

## 序

二〇二四年農曆春節前夕，我們三姊弟再度瞞著母親，在臺中集合後南下探視小姑姑；二〇一六年底父親過世後，林家長輩僅剩下在雲林莿桐獨居的小姑姑。多年來每次見到小姑姑的面容以及直率的語氣，都能輕易看到父親的身影，這或許是我們姊弟定期約去陪伴小姑姑的最大理由，卻是必須要瞞著母親的唯一理由。

## 小姑姑之一

小姑姑是近年來才在莿桐這個小村落過著獨居生活；三十歲那年經由閨密介紹，成了莿桐鄉某家碾米廠老闆的續弦，從臺中嫁去時只在婚禮當天風光一日，之後就辛勤地跟著姑丈從事粗重的農家工事。夫君與亡妻育有三名子女，小姑姑堅決不生，立誓一輩子將姑丈的孩子視如己出，既使姑丈已去世多年仍不改其志，一路照顧到各個長大成家立業，離開鄉村到都市生活。

陪小姑姑從外面餐廳吃完午飯回來，進到由舊辦公室改造的多功能空間裡，小姑姑用她僅能使喚的左手，指揮我們三姊弟分別燒水、泡茶、切水果。這空間原本是碾米廠的交易辦公室，標示著米價的黑板仍掛在牆壁上，如今在辦公桌主位應該是放椅子的地方，換成了一張單人床，桌上大大小小的藥袋對應清楚寫在桌曆上該服用的週期。三姊弟就圍坐在辦公桌前的茶几，空出一個位置等著小姑姑接下來儀式性的「看照片說故事」。小姑姑打開辦公桌中間抽屜，單手一一將三本相簿拿出來放在茶几上。照往例，我們三姊弟很有默契的，至少會等小姑姑翻完這三本相簿後，才會向小姑姑開口辭別。

「這你們姑丈啦……穿格子衫的是你們二叔叔，他剛到臺北開計程車的時候拍的。」一頁頁地翻、一張張地說。幾乎每三個月來一趟小姑姑這裡，每回聽的故事還是分毫不差。就在第二本翻到最後一頁時，我發現這一頁似乎比其他頁來得厚，再仔細一看，原來是兩頁黏在一塊；底片或相紙沖印的最後階段若沒清洗乾淨，在濕熱環境下若加上久放，相片表面殘留的化學藥劑會產生些許黏液。推測這相簿裡的最末兩頁就是因老照片當年最後清洗的工序不確實，日後遇到高溫悶濕所導致沾黏。

「姑姑等一下，這後面好像還有一頁黏住了。」

「咦？真的耶，你撕開來看看。」

我在辦公桌上巡視了一下藥袋，看到一盒棉花棒。

「姑姑，借我幾支棉花棒喔？」

「借？你下次拿來還嗎？三八啊，隨便拿去用……啊要你撕開就突然耳朵癢了是不是？」

「我就是要用棉花棒把這兩頁切開啦！」

我裝了半杯的冷卻開水，將棉花棒浸溼後小心翼翼的從兩頁沾黏處找縫隙慢慢的摩擦，棒頭汙損後就馬上換一隻新的繼續重複動作，一下子就將兩頁分開啦；其實我只是將形成沾黏原因的殘留化學藥劑，利用清水去漬後使之分解的簡單原理而已。

「打開啦！耶……弟弟以前在學校學洗照片時沒打瞌睡。」

「學費沒白繳，哈哈哈。」

兩位姊姊向來善用林家挖苦式的幽默來取代稱讚。

「哇！」

小姑姑看到分開後的隱藏頁面，發出嚇到我們的一聲。

「這是你大姑姑耶……啊！原來是放在這喔……」

「啥？這就是大姑姑喔！我第一次看到耶。」

「哇！大姑姑……以前只聽爸提起，我也沒看過。」

我和姊姊看到照片接連驚呼。

相簿這一頁雙面共十二欄透明保護套內的照片中，有三張大姑姑的照片；更精準地說應該是一張印有全家福照的賀卡加上兩張黑白照片。我對那張賀卡特別感興趣，賀卡中的照片裡除了大姑姑外，還有一名黑人男性和兩名幼兒，雖然照片褪色，還是可以辨別出是張彩照。

「這張過鹹水，從美國寄來的……好久沒看到，我以為不見了。」小姑姑謹慎地把這三張從相本抽出來，遞給我們三姊弟方便仔細看清楚。從卡片背面上的文字和署名可以得知，這張是大姑姑以 Harris 家族的名義寄給小姑姑的聖誕節賀卡。雖然是第一次看到傳說中大姑姑的模樣，但基因真的騙不了人，照片中大姑姑二十幾歲的模樣，和父親年輕時照片的臉型和五官非常相像，裡頭幼兒的五官也神似我們三姊弟，當下我們不免激動。

「我來找大姑姑好不好？看她現在的樣子是不是也和小姑姑、和爸爸長得一樣像。」我突然迸出一句。

「什麼？你想要找大姑姑！」小姑姑伸手拿回那張確定是大姑姑從美國寄來的聖誕賀卡，帶著質疑的眼神看著我說。

「都超過五十年沒聯絡了是要往哪找？人還在不在也不知道……」

我把小姑姑手上的卡片再接過來。

「是有點難沒錯，不過現在網路很發達或許有機會啊，爸爸以前提過大姑姑曾經在 CCK 美軍時期的酒吧工作，幾年前我有加入一個臉書社團，那裡有一群曾經在清泉崗基地服役過的美國人，我想也許可以從這裡開始找起。」

話雖然說得堅定，連我自己都嚇到為何會如此衝動說出口，所以有點心虛。小姑姑一邊聽著我說的話，嘴上直呼不可能找得到的同時，卻把另外兩張大姑姑的照片遞給我。分別是民國四十九年北屯國校（全名為北屯國民學校，現為北屯國民小學）畢業的大合照，以及大姑姑抱著一個小嬰兒坐在床邊的家居照。姑姑淡然地說：

「這些都拿去吧，反正我死了以後這些也是留給後人困擾。」

我們家沒有任何一張大姑姑的照片，所以小時候根本不知道自己還有一位大姑姑，沒想到小姑姑手上留有三張半世紀前的影像，而且保存的狀態良好，可猜想她們姊妹倆存在深厚的感情。

「為什麼想要找大姑姑？她年頭離開臺灣，你年尾才出生；你沒看過她、她也沒看過你啊。」關於小姑姑這個提問，我當下只有以問代答：

「姑姑，您覺得我爸是會想念大姑姑的嗎？」

「骨肉親情，怎麼可能不會想念？啊……」姑姑話還沒說完，我馬上插話：

「有這樣的理由就夠了。謝謝姑姑。」

我把小姑姑給我的兩張照片加上一張聖誕卡，小心翼翼地收好，無心聽著她接下去訴說其他我們三姊弟早背下來的照片故事，當下腦中都在盤算尋親的各種可能方法。等到最後一本相簿翻完最後一頁，和姊姊告別小姑姑後，回臺中整路上都想著「若臉書社團沒有結果的話，下一步呢？」

## 大姑姑

我的大姑姑林金珠，一九四七年出生在臺中市東區的旱溪。準備上國校的那一年，因生活困苦，祖父母不得已將未滿三足歲的小姑姑林明珠送養，也不知道是否因骨肉分離的痛楚使祖父多年的胃疾加劇，不久後即吐血發病、沒錢醫治而去世，讓原本就過著非常清貧的一家生活更加艱困。此外，身為長女的大姑姑上面有一位哥哥，也就是我父親。下面還有兩個弟弟；最小的叔叔是遺腹子，出生後就沒看過祖父。祖父的後事還是透過父親的姑姑，也就是我的姑婆出手相助才得以圓滿，不久全家就搬到靠近祖母娘家的北屯區二分埔。

父親曾經描述過位在二分埔的租屋處，其實只是一個和另一位住客分居的隔間，廚房還是共用的。兩片木板併在長凳上，就是一家五口睡覺的床。那時期祖母在臺中糖廠打工幫傭，煮菜、洗衣。體弱多病的父親不斷地找到工作後又被退貨，小姑姑在外當養女，二叔叔從金門剛退伍，四處擺攤賣「鳥仔巴」，小叔叔正準備入伍，一家人都處在沒有正職的打零工狀態。大姑姑兼做白天和晚上兩份工，成為家中最操累的那個人，不難想像她離家出走的那天晚上，應該已經到了身心崩潰的臨界點吧。

根據父親描述，當晚大姑姑夜班結束，才剛拖著身體進到家門，打開菜櫥想看祖母有沒有留下什麼剩菜給她當晚餐時，背後即傳來祖母的斥責聲：

「還沒給錢就想吃！像賊一樣、錢拿來！」

大姑姑每月所得都要全數交給祖母，今天正好是發薪日，剛進門時手裡已經拿著薪資袋準備交出，打開老舊菜櫥所發出的銹鐵摩擦聲響，是通報在刻意等待薪水的祖母最佳信號。

「我又沒說不給妳，剛才妳不在這，我只不過想先吃晚餐就被妳說這麼難聽。」

每次都準時、準數交出薪水袋的大姑姑既委屈又憤怒，祖母卻沒有讓疲累回家的大姑姑感受到一絲來自母性對小孩該有的憐憫疼惜。

「沒有錢哪來的東西吃啊？妳以為這個家只靠妳在養嗎？才賺多少銀兩而已就在跟我大小聲。」

祖母回的話鋒凌厲，劃斷了大姑姑的理智線，剛下班踏進家門的父親正好聽到忍無可忍的大姑姑對著祖母大聲說：

「開嘴閉嘴都是錢！妳這個愛錢的三八查某一定不是我的親生老母吧？」

自小就把孝道擺在首位的父親馬上甩出一個巴掌，重重的打向大姑姑的右臉。

「妳怎麼可以對妳老母說這種話！再怎樣妳都是女兒！」

大姑姑右手摀著臉，左手仍緊緊握住薪水袋。

祖母把父親推開：「女兒我生的我會教，不用你管。」父親聽到祖母這句話，也就沒再多說什麼。大姑姑卻在此刻頭也不回地往外跑去；原本是要給祖母的這筆薪水，當下已成為大姑姑林金珠主宰自己人生的唯一本錢。

大姑姑來到臺中火車站，在大廳內的車次表下棲身一晚。一九六〇年代，許多像大姑姑一樣的年輕人只買一張單程車票，離開家鄉搭火車到臺北闖天下。大姑姑天一亮搭乘上行的列車離開臺中，不過她是到更遠的基隆站才下車。來到基隆也已經入夜，可能是被港邊五光十色又迷幻的霓虹燈給吸引吧，無意識下就走到著名的酒吧一條街，很快的鎖定一間貼有徵聘服務生紅單的門走了進去。二十一歲這年來到基隆港，那是大姑姑可以往北方逃離家庭的最遠彼端。生活環境的轉換對她來說一定不陌生，從小就跟著家人四處搬家，這是窮困下的習以為常。

## 戰爭經濟

據父親描述，在基隆港酒吧裡從事外場服務工作的大姑姑，每天周旋在充斥外籍水手與美國大兵的環境下，短時間內便學會使用英語和外國人聊天，這項語言天賦讓她拿到不少小費。一九六〇年代一批批從越南戰地飛抵臺中休假的美軍，同時間也讓商業頭腦機敏的基隆酒吧老闆們嗅到商機，紛紛到臺中五權路、大雅路口一帶插旗，租下店面賺取這波美金熱錢。很快地「星竹」、「東京」、「台華」等十四家酒吧陸續開張，串起屬於臺中的酒吧一條街。這兩條路的夾角，包含著湖北街所形成的區域，連同附近的三溫暖和旅社等成人休閒產業，就被美國大兵稱之為「dirty zone」（也稱 dirty area）。這些酒吧裡的服務生並非源自臺中當地，老闆是從基隆本店內挑選長袖善舞的侍酒生，以每梯次五到八位的員額，包專車送下來臺中；一個梯次基本上就是五天、每個月固定兩梯次。推論上，已經能用英語溝通的大姑姑應該能列入老闆理想中的口袋名單，進入這個模式，規律往返基隆與臺中的團隊。這樣的型態基本上是配合美軍休假來臺的五天行程所設計，就算是非前線戰鬥部隊的後勤人員，也因為領雙週薪的美國制度，老闆只要依循發薪日的週期營業開張，既不需要在臺中當地徵人，同批侍酒生又可以顧及到基隆本店的生意，可謂一魚兩吃的雙贏策略。

一九六〇年代，美國介入越南戰爭。臺灣身為太平洋第一島鏈的重要戰略地位下，基隆港成為美國航空母艦停靠運補的亞洲重要海軍基地，位於臺中的清泉崗機場也因此被擴充建設成亞洲最大的空軍基地（Ching-Chuan-Kang Air Force Base），簡稱CCK。美國青年大批大批被送往越南戰場，戰事並沒有美國政府想像中的樂觀，於是打持久戰看來勢不可免，如何緩解軍人的壓力與創傷便是重要的人道課題。R&R休息復原計畫（Rest and Recuperation Program）因此規劃而生；徵召赴越南戰地的軍人初次滿三個月即可申請海外免費休假五天，收假後每滿半年又能再申請一次。每次海外休假由政府提供免費機票，並且發放每人一百二十五美元零用金供花用，可以在新加坡、香港、臺灣，任選一地前往。這政策衍生出許多美軍商機，也因此對當地國的經濟有很大的幫助。據交通部觀光局統計，光是一九六六、六七兩年來臺休假旅遊的美軍共計約七萬名，粗估為臺灣帶來將近五億臺幣（一千七百五十萬美元）的收入。

這樣的形態對筆者來說並不陌生。一九九六年臺海危機時，筆者正好被分發到當時評估戰事最可能發生的外島馬祖服役，依規定以抵達馬祖日算起，滿九十天即可以申請返臺休假，一航次約六至八天，收假後只要滿半年就可以申請下一航次返臺假；兩年外島義務役期間總共可以返臺三次，第四次就是退伍了。雖然返臺時沒有如同美軍R&R計畫的旅遊津貼可以拿，不過光是在駐地休假的上萬軍人，還是為馬祖的四鄉五島帶來可觀的經濟收益。

〈CCK air base Taichung Taiwan〉臉書社團的成員將近五千人，創社版主Jim Dwyer在越戰時期隨部隊駐紮在清泉崗，是一位C-130運輸機的飛行員。我因自小對臺中在地歷史就很感興趣，所以各式主題社群媒體如火如荼在網路世界開展後，很自然地就加入許多與臺中相關的懷舊社團，藉以了解更多在地的老故事。在獲得管理員版主Jim Dwyer的同意之後，我把從小姑姑那裡取得的聖誕卡貼上社團；這張卡片的正面是大姑姑林金珠和姑丈以及兩個小孩的全家福合照，背面印著Merry Christmas字樣，並以俊秀的字寫著「To：明珠 From Mr. Harris & Mrs. Harris + Family-1973」。我用差勁的英文寫作能力描述著極少的已知資訊，希望能從社團貼文後得到回應的線索。

大姑姑和姑丈 Harris 在一九七三年辦理結婚登記後，至此從林金珠成為哈里斯夫人，名正言順隨著夫婿帶著一對年幼的小孩飛往美國，這張卡片是該年底的聖誕節前從美國寄出，這已經是距今五十一年前的事了，此貼文也考驗著社團成員們的記憶。

不過大姑姑究竟是在哪裡和姑丈認識的？不管在父親過去的描述，還是在小姑姑的記憶中都無法確認。基隆或臺中都有可能性；如果在基隆，推測姑丈是海軍人員的機率較高，若在臺中就幾乎可斷定姑丈是在空軍或陸軍單位服役。不過，姑丈應該是美軍的非戰鬥單位，也或許是更高階的美軍顧問團成員，能長時間駐防在臺灣，才沒有類似其他露水姻緣跨國情所產生的遺憾。據此推論，除了〈CCK air base Taichung Taiwan〉臉書社團，我也在相關在臺退役美軍的社團貼出這一則尋親訊息，被動的等候消息。此外，我亦同時於其他管道查找資料，多頭進行這項任務。

為了想從小姑姑那邊，再看看還有沒有其他關於大姑姑的第一手線索，還等不及來到和姊姊們約定好一季一次的探視週期，清明節後我馬上隻身前往莿桐。下西螺交流道後沿省縣道路旁，看到家戶前廣場、廟埕開始出現曬蒜頭的場景時，就知道莿桐近了、小姑姑家的村落不遠了；而我總對於蒜頭是感到親切的。

## 小姑姑之二

小姑姑林明珠從三歲被送養，每年只有農曆大年初二這個象徵家庭團圓的日子才可以回到原生家庭，和她的母親、兄姊弟相聚一天，這是祖父嚥下最後一口氣前唯一的送養條件。還好留下這一條維繫的線，日後手足們才有機會私下偷偷碰面、互相取暖。

當養女後的小姑姑基本上就是個家僕；甚至比家僕還不如。國校畢業後在外工作所得供養父母花用，其餘時間在家還有做不完的雜務。貪心不足的養母好幾次想將小姑姑賣到暗間仔（私娼寮），或者要求到酒店「出勤」兼差，但都巧妙地被小姑姑躲掉。色慾薰心的養父其實覬覦小姑姑已久，有過幾次在小姑姑熟睡時趁機性騷的不齒行為，這種情況讓二叔叔知道後非常難過與生氣，於是在他當兵前夕的某天哄騙小姑姑，一同前往婦女會告發小姑姑的養父母。婦女會在聽完小姑姑的證詞後，傳喚養父母前來對質，非常驚慌的小姑姑，懼怕養父母的淫威之下，只好否定了自己先前的口供，婦女會也只能以無實證結案收場。

不過這次的告發，讓小姑姑之後的處境更加艱難；只要養母還沒回到家，她就不敢再和養父單獨共處一室，但養母在家時又會被虐待和遭受莫名的責難。不久，小姑姑被養母誣賴為失竊手錶的小偷，遭到警察帶走並透過用筷子夾住手指刑求後，痛不欲生的小姑姑只得認罪，好險同時另一位員警及時抓到附近賭場的賭徒，在他身上搜出贓物，證明小姑姑不是竊賊，才還給清白免於冤獄之災。

但這兩次事件接連發生後，小姑姑再也忍受不了。於是表明自己願意到酒家上班，和養母談好唯一的條件是要搬出去自己住，所賺的錢一定會按月送回養父母家供花用。小姑姑對外一律宣稱自己是去酒家當那卡西伴唱歌女，不願被貼上酒家女的標籤。這樣的轉變兄姊弟們也是無可奈何；那年代清寒家庭為了生活，生女兒不是從小給人當養女，就是長大後當吧女。我的大姑姑二十一歲當吧女，小姑姑三歲當養女、也是在二十一歲時當酒家女，這是林家的心酸。或許大姑姑就是基於同病相憐，日後才會跟小姑姑走得更近。因為大姑姑林金珠當年負氣到基隆一個月後曾經寫信回來，除了寄到二分埔的家之外，也寄給已經在酒家上班獨居在外的小姑姑林明珠。

當時收到信的文盲祖母要求父親把信的內容唸給她，聽後得知大姑姑在酒吧工作，氣得隔天一大早就和父親前往基隆要將大姑姑接回家，大姑姑不願失去好不容易自主的生活，加上可能因為剛認識未來的姑丈正在熱戀交往中，死活都堅持不回臺中。

獨自下來小姑姑家，我們倆簡單的在茶几上用過便餐，我把燒開水、泡茶、切水果的 SOP 都做完後，不待小姑姑接下來要進行的相本說故事，直接開門見山地說明此行的目的。

「再跟我多講些關於大姑姑的事好不好？」

「我也不知道該從何想起，我哪記得那麼多……啊你還想知道什麼？」

「比如說妳們最後一次碰面是什麼時候，這總該記得吧？」

「最後一次喔，就是你二叔叔開他的計程車和我一起載他們到機場啊，送他們一家人飛去美國。」

小姑姑先喝了一口我遞給她的第一泡茶湯。

「還沒出味啦，太快了……再久一點。」她放下茶杯後接著說。

「有一天你大姑姑找我到臺北，說要帶我去玩，那時候我還不知道他們要準備離開臺灣。到了北投她家，我沒看到你姑丈和兩個小孩，但是看到幾箱行李，一問之下才知道你姑丈帶著小孩去美國大使館補辦一些手續，他們一家隔天就要離開臺灣了。」

我把小姑姑桌前的茶杯斟滿，用牙籤插了一塊盤中的芒果丁，趁著小姑姑再次檢驗茶湯風味的同時間，馬上打開手機錄音。

「可以了，多泡幾次你就知道怎麼拿捏時間了……你大姑姑先帶我去美軍俱樂部裡打保齡球，對了！說到保齡球有件插曲，你二叔叔有一次在軍中的康樂活動時間看電視，那時候正在播出慈善公益明星保齡球賽的轉播，突然看到你大姑姑和吳靜嫻同一隊，你認識吳靜嫻嗎？以前很紅的歌星……你大姑姑和她同一隊，與另一隊在比賽，你二叔叔都不敢跟同袍承認那是他親大姊，哈！」

「為什麼不敢？有什麼好忌諱的嗎？」看到小姑姑眉飛色舞的表情，我很好奇的問。

「一開始你二叔叔也沒認出大姑姑，是同袍七嘴八舌在評論：『怎會有那麼矮的小隻馬在打球、那麼矮也會打球喔？』你二叔因為這句話，特別定睛一看才認出電視上他們說的小隻馬就是你大姑姑，怕被得知那是自己的親阿姊，將來會被他們一再提起揶揄這件事，所以才裝作不知道。

「因為你大姑姑身高還不到一百五十公分，也有我們家連理髮廳都燙不出來的自然捲，所以很好認。」

「咦……那大姑姑為何會在電視中出現？」這下我更好奇了。

「我問過你大姑姑，她那次去打球時剛好遇到慈善活動，就被選為和明星同樂的民眾代表，就那麼巧那天還有轉播。」

我馬上想到這個活動轉播，或許電視台還有保留影像或是平面報導，是條之後可以好好搜尋的線索，但是眼前我必須先拉回來，讓小姑姑講越多越好。

「很難想像耶，大姑姑那麼時髦喔！好，那後來你們那天除了打保齡球外，還做了哪些事？」

「我聽到一串英文廣播，也聽不懂，你大姑姑拉著我走，到一個場地前要我一起和她玩遊戲，那是我第一次看到賓果遊戲，所以不知道該怎麼玩，反正就拿到一張印有很多數字在格子內的紙和一支筆，然後看著台前有個彩球機器會隨機出現號碼球，你大姑姑在幫我聽、幫我看，叫我依照號碼球的數字用筆一個個圈起來，我連規則都不懂啊！」

小姑姑補充描述，之前從沒有和大姑姑一起出去玩過，但到臺北大姑姑家卻是第二次；第一次去的時候姑丈和年幼的表兄姊都在，大姑姑自己下廚煎牛排和料理一些她從沒吃過的美國食物招待她。我問小姑姑是否記得大姑姑小孩的名字，到大姑姑家裡總要跟大姑丈、她的姊夫問候打招呼吧？於是我問。

「那您是怎麼稱呼姑丈的？」

「當然不可能叫姊夫啊！叫姊夫他哪聽得懂……我好像記得你大姑姑要我叫他『不瑞斗』。」

「怎麼這就記得了？不是應該叫『哈里斯』嗎？賀卡上姑丈的英文名……我開始懷疑小姑姑的記性了。」

「啊！你大姑姑要我跟著她叫，她叫你姑丈也是用『不瑞斗』，整天下來『不瑞斗、不瑞斗』，所以你一問我就想起來了，說好像是『哥哥』的意思？」

此時我恍然大悟，原來「不瑞斗」是Brother啊！我對稍早前還懷疑小姑姑的記憶感到不好意思，但還是要言歸正傳。

「所以，這是妳們姊妹第一次出去玩，卻沒想到也是單獨、唯一的一次……。我想是大姑姑刻意選擇在姑丈和表哥、表姊不在的時候，出國前好好跟您聚一下吧。」

「我也是這樣想，所以那天的賓果遊戲，我莫名其妙的在你大姑姑的尖叫聲中，才知道自己手上那張數字卡贏到一千多塊美金。想到隔天她就要離開臺灣，領到獎金後，就全部送給你大姑姑當作送行紅包。」

我聽到這一段描述的當下其實有點鼻酸，所以再重新沏一壺新茶，等小姑姑自己接著說下去。

「離開美軍俱樂部回到你大姑姑家，我借電話打給你二叔叔，他那陣子剛到臺北開計程車討生活。我要他隔天一定要開車來接送他大姊一家子去機場。」小姑姑揮手把芒果上的蒼蠅驅走。

「趕緊吃，不然便宜了蒼蠅⋯⋯。我還不放心你二叔，所以晚上就去他住的地方過夜；我一定要他來啊，手足要分離了，不見上一面不行。」

「我爸知道嗎？小姑姑有沒有通知他？」我將一口芒果丁含著放入嘴巴，希望能在稍微掩飾鼻酸的音調下，努力的忍住情緒吐出這一句。

「我當時沒有打給你爸，也瞞著你阿嬤；你爸媽在忙著工作，你兩個姊姊都還小，考量到向你爸提，他要請假來臺北被扣薪水也不是，不如不講。若是你阿嬤知道後堅持要來，啊你爸還不是得請假載她上來，你小叔叔職業軍人身分也不是說來就能來……。所以我想說，我跟你二叔叔代表就好。」

我再度把桌上小姑姑的茶杯斟滿，低頭不語。

「不過那時如果知道後來會和你大姑姑失聯，我一定通知到家裡所有人……。唉，現在想這個也沒用啦，講這個沒意義有什麼用？」

不行，我一定要緩過情緒，配著茶幫助嘴裡的芒果吞下後，我接著問。

「大姑姑到美國後就沒消息了嗎？」

「有啊，之前給你的聖誕卡，不就是你大姑姑從美國寄來給我的？之後偶爾來信裡面還會附幾張照片。啊！對了，上次你回去後……」

小姑姑拉開抽屜，在一疊陳舊資料中翻出三張老照片。

「上次你回去以後，我想到除了聖誕卡還有你大姑姑寄來的照片；你不是表演了一招在相本裡多生出一頁嗎？我想說其他失聯的照片有可能也是跟其他頁黏住了，果然第三本裡也有，用你的方法我又找出了三張，特別抽出來留給你看……」

「等一下！」我又沒等小姑姑把話說完就插嘴了。

「那信封呢？照著上面的寄信地址我們就可以找到大姑姑啦！」

自以為聰明的我其實最笨了，小姑姑也算見過世面，怎麼可能會沒想到要按圖索驥。

「我嫁來之前確實是接到你大姑姑從美國寄來的幾封信，但因為地址都是英文，我也沒能力回信。嫁過來之後她有沒有再寄信到我租屋處我不曉得，不過我把你大姑姑的信當成嫁妝一樣珍貴，所以一起帶過來莿桐。只要聽你姑丈說有哪個朋友要去美國，我就把信封給對方帶過去，看找不找得到你大姑姑……幾次後所有的信封就不知不覺發完啦。」

小姑姑再深深凝視了照片一眼後便遞給我。

「上次給你的照片有沒有收好？這些你再拿去。」

「有啦，上次你給我的照片中不是有一張大姑姑的國校畢業團體照嗎？民國四十九年北屯國校乙班畢業那張，我帶著照片親自去了一趟北屯國小。我以為應該在個人學籍卡上會貼有大姑姑的個人大頭照可以看，這樣就可以比對這張團體照中，哪一位最有可能是大姑姑。」

「你大姑姑一定是在第一排，她那麼矮……哈哈哈。」

小姑姑真的很愛強調大姑姑的身高；我把手機上翻拍學資卡的照片拉大比例方便給小姑姑看。

「沒想到學務主任跟我說，那個年代物資缺乏，是沒有個人大頭照的。不過主任人很好，專程到庫房裡找出大姑姑當年的學籍資料卡拿回辦公室給我看，依據資料她是四年級才轉到北屯，前三年是在東區的成功國校（現今成功國民小學），姑姑您看，我有拍起來。」

「東區……這就對了。我和你姑姑都是在旱溪那邊出生，後來你阿嬤他們搬到二分埔，大姑姑才轉到北屯國校的吧？你爸爸不是也轉學過？」

## 父親

父親在二戰結束隔年開始上國校，那時候東區的成功國校還沒蓋，只能到市區的學校上學。天還沒亮就要從東區旱溪出發，要一路用走的經過南區、穿越中區，才抵達位於西區的忠孝國校（現今忠孝國民小學），一趟下來就算走捷徑也要花掉兩小時。父親描述他因為走路過多，加上還沒發育完全，所以引發疝氣，褲子外觀呈現鼓鼓狀，其他小朋友都會叫他「大卵葩」，瘦弱的父親根本無力反抗。不想到學校被同學嘲笑，只好到上學途中會經過的第一市場內、媽祖廟前戲台下看布袋戲，每天仍準時出門、回家。廟前的戲台變成了教室的講台，戲偶就成了教他倫理與道德、歷史的「實際上的老師」。某天，忠孝國校「名義上的老師」去到糖廠找祖母，關心父親一直沒去上學的原因，祖母納悶：「我兒子每天都一大早就出門去上課，難道是騙我？」當天父親還是準時回家，祖母當晚並不想打草驚蛇，隔天一早偷偷的跟蹤父親，一路跟到第一市場時，看見父親停下來和一群老先生一起看戲，祖母這下子恍然大悟，氣吁吁當場在廟埕修理父親一頓後拎他回家，從此不准他上學，找一個牛僮的工作，要父親在糖廠隔壁的空地上放牛幫忙貼補家用。這樣的日子又過了一年，直到廠長夫人不忍應該是上學年紀的父親去當牛僮，遊說祖母讓父親到剛成立的「糖廠子弟學校」入學，並承諾會讓父親以正式員工小孩免費就讀的條件後，祖母才勉強答應。父親被編入三年級就讀，沒有前兩年的基礎讓父親讀得相當吃力；這一點我也很能體會，如同自己荒廢國小最後一年學業後，就讀國一時的痛苦；我想，這就是父親從來不要求我課業的同理心吧。

小時候我對父親又愛又怕，他總會瞞著媽媽假借外出洽公，其實是偷偷帶我去看電影和品嘗小吃。臺語有句俗諺說：「細漢偷挽匏，大漢偷牽牛。」我父親則是「小時翹課看布袋戲，長大翹班看電影」。印象最深刻的是某次到中華路上的日新戲院，父親想看 007 最新上映的電影《太空城》，一如既往的買了張全票後牽著我正往影廳直奔而去時，沒想到這次卻被驗票員攔下。

「這小孩要補買半票喔，身高超過了。」

父親指著我對她說：

「騙肖耶，他才幼稚園大班耶！」

「這跟讀幾年級無關啦！」

驗票員邊說邊示意入口處標訂的身高限制紅線，我在一旁有點尷尬，但更多的是害怕父親接下來可能會暴怒的脾氣。白天兇起來的眼神和口氣就足以引發我晚上做惡夢尿床，因此我跟在父親身邊時，總是特別注意自己的言行舉止，深怕一個不小心就會超過到他的「紅線」；越過紅線的距離多寡會決定心理受傷的程度深淺。首先的基本款是不發一言用犀利的眼神瞪著，發毛的你就要懂得收斂。其次第二級是出口罵出他的金句：「哭爸喔、憨頭！」這會讓你委屈到臉頰、耳朵漲紅。最高等級就是搧一記耳光，此時你的眼眶一定會瞬間濕潤，但是千萬不能讓淚腺潰堤，不然就會聽到「查埔人有啥好哭的」的嚴厲斥責。

清寒出生的父親從小就被街坊鄰居看不起，不管搬到那裡都一樣，這種情形在我國小時同樣感同身受。由於幼兒園大班畢業，升小一的暑假從湖北街搬到柳川東路，學區也從紅燈區換成文教區，公教人員子弟在此就讀的比例超過八成，其餘兩成的生源就包含附近的育幼院、市場攤販子女和我所住的違章區窮N代，因此頻被歧視之外還要忍受不公平待遇，所以父親禁止我在課餘時間出去玩，是為了避免我幼小的身心靈被霸凌受到傷害。

小二時臺灣B型肝炎大流行，我也不幸染上，無法在學校和同學共用營養午餐之下，只能透過父母親輪流送餐。有天第四節下課同學們去抬餐，我在校門口等待送餐的空檔挖鼻屎，不料卻引發流鼻血，上身夏季白襯衫的血漬怵目驚心，還來不及反應時父親已到我眼前，看到這一幕後很慌張地馬上蹲下來查看我到底哪裡受傷，並且用嚴厲的眼神瞪著我。

「怎麼回事？是誰欺負你！」

「我挖鼻孔，就……」

「啪」的一聲，話還沒說完，右臉已經在痛了。

「憨頭！」說完這金句，父親留下那天午餐的排骨酥麵後轉頭就走，那是我人生最後一次被父親摑掌。

為何我都流鼻血了還要被瞪、被罵、被打巴掌，受到三合一的越線懲罰？這問題直到自己當父親後才揣摩出，父親應是擔心我也和他小時候一樣被看輕、被霸凌，可能是當下不知該如何安慰，用那一掌表達對我不捨的愛。我知道這樣的「愛之深責之切」不容於現代，但我後來卻常常懷念起那一天中午伴著淚水吞嚥的排骨酥麵。

「走，咱不看這爛電影了，去退票。」父親拉著我的手，意外地沒有繼續和戲院驗票員理論就離開。拿回退款後父親啟動機車，我不敢發出聲音的乖乖坐在野狼

125油箱上，一如往常把父親的胸膛當成背靠，那是我兒時記憶中和爸爸最短的接觸距離。不過才騎五分鐘，機車就在省立臺中棒球場停下。父親向場外的攤販買了兩份大腸包小腸，裝進塑膠袋裡掛在手腕上，手掌抓了把攤面上的蒜頭，另一手牽著我入場，找處不會被太陽曬到的看台區坐下，接著一邊教我如何剝生蒜頭，一邊跟我說他以前有多瘋棒球。那天是我人生第一次接觸棒球這個運動，比賽隊伍和內容已經不記得也無關緊要，重要的是，這也是我第一次嘗到大腸包小腸的味道。「一定要搭配生蒜頭。」除了棒球，父親總是在我好奇所有事物的幼童時期樂意得向我一一解說，諸如還看不懂中文字幕時的西洋電影劇情「007為什麼愛跟那麼多女生親親？」、進口車的廠牌名稱和讀音，以及所有只要我問「為什麼？」他就一定馬上生出令我滿足的答案。既使多年後見識漸廣才發覺那些答案多半是父親當下為我掰的，但年幼的我真是非常崇拜他，爸爸簡直就是我人生第一位偶像啊！

## 我

這場觀看球賽的初體驗，埋下我四年後加入忠孝國小棒球隊的種子。一九八四年升五年級的暑假，我們家已經搬到柳川東路第五年，這是我們的起家厝。真的；因為只有房屋使用權，沒有土地，是父母親成家後第一次住在買來的房子，再簡陋都至少是個家了。

一九八四年洛杉磯夏季奧運首次將棒球運動列入示範項目，我也是在放暑假前一天經過甄選進入校隊培訓。其實母親從頭到尾都相當反對我加入球隊，她認為升五年級的暑假當成夏令營運動打發時間還可以，但是正式進入校隊接受訓練又是另一回事了。那年夏天早上球隊暑訓結束，下午就是我和父親一起看奧運棒球賽轉播的親子時間。看到我們父子熱烈的互動，她也不忍心潑冷水，心裡盤算等開學後就會禁止我繼續打球。阻止的理由很多，擔心微薄收入無法供應裝備耗材的花費、擔心課業落後與品行受到影響，還要擔心被霸凌，但最重要的是擔心我的心臟病可能會因劇烈運動造成無法承受的後果。開學後五年級上學期正式開始，當時心裡雖然隱約感受到母親對我的不支持，但既然她還沒出手禁止，我也就過著白天在學校正常上課，下午就騎車到校外的球場練習，直到天黑看不見球的軌跡後才回到柳川結束一天的行程。然而，某天體能晨訓時我突然昏倒，母親終於逮到機會向學校以我身體狀況不適合繼續打球的理由申請退隊。或許是在這之前她已經和父親達成協議，只要我在球隊期間身體出現一次狀況，就不能反對她向校方要求將我退隊的決定。家裡的大小事，一向都是母親說了算，因而在此狀況下，熱愛棒球的父親在過程中都沒當我的面，幫我說過任何求情的話。

一九六〇年代末，臺灣三級棒球在國際上屢獲冠軍的優異成績，藉此也稍稍安慰失去國際政治舞台後的民族自信心，為了繼續維持優勢，棒球隊的訓練幾乎從國小階段開始就以非常嚴格的日式球風進行。這樣的要求讓許多隊員吃不消，紛紛在我退隊之後也跟著離開校隊，或許因此產生過多缺額，也或許是這批隊員中只有我是唯一的左撇子投手，所以教練和學校主任三天兩頭就會跑到家裡來遊說父母親讓我歸隊，甚至保證會斟酌我的身體狀況給予適當的練習量，但母親仍不為所動。我心想既然是擔心我身體的問題，何不私下偷偷鍛鍊自己？於是放學下課後我就會在球隊練習的地方不遠處，默默的一個人照著訓練反覆模仿動作。又過了一個暑假，六年級開學的第一天，我經由廣播通知到校長室報到，校長問起我想不想回到球隊時，我哪能表示意見，於是校長要我先站在一旁，隨後拿起話筒當著我的面打電話到家裡找母親，將他觀察到我每天躲著練習，確認我還是很想回到球隊的意志為理由，用以說服她同意。電話另一頭母親回什麼我不知道，但是校長突然把話筒交給我，我接過來以後首先聽到的卻是父親的聲音。

「你是家裡唯一的男孩，所以從今天起我讓你自己做任何的決定，做了就不要後悔，既使後悔也不能回家哭。要不要回棒球隊的事你自己考慮。」

腦袋正一片空白時突然聽到母親搶話：

「你再昏倒一次我還是會把你退隊，既然喜歡打球就好好盡興地打，可是要答應我國中後就只能唸書，不可以要求繼續參加校隊，這是我對你的約法三章。」

如願重回球隊後繼續過著白天在學校正常上課，下午就騎車到校外棒球場練習的日常。當時從學校的方向走五權西路來到美村路岔口，路就不通了，岔口有一個設置柵欄的檢查哨所，曾經看過類似憲兵的人員在這駐守。這塊區域就是越戰時期美國政府為了駐守在臺中的美軍所興建的眷舍之一；前方的道路命名為美村路就是最好的印記。忠孝國小棒球隊在我六年級時就是借用眷舍區內的棒球場，臺中知情人士都通稱為「美軍球場」。也就是因為有這個專屬於我們的練習場，所以在隔年全國賽拿到還不錯的成績，可以代表國家赴日本參加 IBA 國際邀請賽。題外話；當年父親隨隊和我們一起出國，有天空檔受日方招待到著名的甲子園棒球場觀賽，和父親肩並肩坐在球場內野後方看台上的某一刻，我望著父親，突然想到了大腸包小腸：「哈！一定要有生蒜頭。」我忽然覺得對蒜頭的親切，應該是源自於它對我帶有親情的氣味。

美國在接連撤出越南戰場，並且與臺灣斷交後，美軍已無留在臺灣之必要，這個眷舍暫時由不具官方色彩的美國退伍軍人協會在過渡期代管。直到臺中市都市計畫穿越此地打通五權西路，串接另一端的忠明南路口，美軍棒球場從此就在地圖上消失。

## 柳川

柳川與綠川加上後來的梅川，是縣市合併前臺中市區最主要的三條溪流，早期還具有排水防洪的任務。國民政府遷臺後為安置大批外省軍民傷透腦筋，於是未得到安置或無所依靠的外省族群在綠川、柳川邊，蓋起克難屋以自力救濟。這塊區域儼然是另類眷村，沒有官式眷村的嚴謹卻存在官式眷村未有的精采；此地私娼寮、估衣市場、香肉店等等無奇不有。幾經更迭，原住戶經濟獲得改善遷出後，也會轉賣給經濟條件更差的本省人，我們家就是在「符合」這樣的條件下買進來的。

在我們搬進柳川前，政府已經打算整頓這塊髒亂的違章區域，估衣市場的攤商住戶就因為第一波拆遷政策，多數住戶配合安排遷往五權路上的中央市場地下一樓，少數不願接受安置的舊戶，也在柳川附近找點，轉型變身委託行。柳川的「估衣市場」專賣二手貨，一開始販售的是一些二手被服類的物件。美國大兵在臺灣度假的五天中，若是現金花費殆盡，就會口耳相傳來此變賣自己的隨身衣物、配件，乃至於軍方配給的巧克力、可樂或價值較高的手錶，方可繼續完成未竟的享樂之旅。因此估衣市場也可稱作是臺中人要挖掘美國貨的淘寶地。隨著買家的需求樣多量大，後來演變成可以向店家預購特定的美國貨，再由店家代為尋找，這便是「委託行」成立的由來。

我所住的那段柳川，在臺中醫院的後門靠近民生路，也於一九八七年被市政府拆除。以前當人家問我住在哪裡時，我的回答不外乎是「柳川」或「溝仔邊」，對方聽到後總會說：「喔，我知道，就是柳川違章嘛、臭水溝啊……。」依川邊而建的木板屋沒有地基，甚至梁柱隔間都相當單薄，冬寒夏熱，也無怪乎「克難屋」的稱號。

父母親在這起家厝從事小型印刷代工，專作印前排版的工作。在還是活版印刷盛行時代，印刷品從無到有分為許多製程。家裡扣除必要的生活空間後，擺不下印刷機和裁紙機等大型器具，只能設置幾面鉛字牆、一張排版桌，由母親負責依樣稿撿字給父親，父親再將撿好的鉛字排版定稿後，交送印刷廠。水火無情，街坊鄰居最怕颱風季溪水暴漲蔓延進屋內，更怕火災發生造成連環燒的效應。

小學二年級某次下課時間，幾乎所有學生都擠在操場望著滿布黑煙不尋常的天空，下午放學回家後看到整條街上路旁都堆滿了各式家當，我家對面住戶前疊了好幾落比人高的鉛字籃。走進家門一看，父親打著赤膊趴在排版桌上鼾聲大作，當下才知道稍早前天空滿布的黑煙，原來是柳川東路靠近民權路那頭發生火災，父母親和其他鄰居本能反應下，就是把屋內值錢的物品移出，往馬路對面堆放免得受到波及。我們家最值錢的應該就是賴以為生的鉛字，這一堆鉛字也衍生出另一個無形價值，那就是從小沒錢補習和買課外讀物的三姊弟，日後對於看到任何文句都會下意識主動糾錯；或許也可以說是對錯字的偏執吧。這都歸功於日常家中接觸到內容多元的樣稿和樣版，取代課外讀物，長期耳濡目染所致。最重要的，倘若因無情水火失去這幾萬個鉛字，不但失去賺錢的工具，也沒本錢再重新購置。可以想像移動鉛字時的大費周章，難怪父親會筋疲力竭地睡到連我進家門都沒發覺，所幸和前幾次發生的火警相同，我們家都有驚無險逃過一劫。

臺中市文化局在二〇〇一年出版口述歷史的相關套書中，首次出現以「吊腳樓」取代「克難屋」的稱呼，那是在拆遷很久之後被外人所命名的。雖然取代了「柳川違章」的負面名稱，但其實我並不是很喜歡，總覺得不夠接「川氣」。

因為是違章，所以無法與都市美化相容。

在確定柳川拆遷日的前兩年，許多鄰居都已經在打算未來該何去何從。父親在四期重劃區內，大雅路曉明女中的對面巷內訂下一間預售屋。這件事對我們全家意義重大；是人生第一間自有土地、並且用鋼筋水泥打造的「家」。果然新家完工，在交屋一年多後，柳川的起家厝就被拆掉了。

因為轉換學區的緣故，加上先前已經承諾母親升上國中後不再打棒球，因此我便依法依約就讀忠明國中。國中新鮮人的生活一開始並不快樂，由於暑假都在國外比賽，以為新生開學後理所當然全部科目都會從頭學起，沒想到新生暑期輔導，老師就已經開始上國一的進度，這讓原本在國小六年級時因為備戰全國賽，幾乎沒有上課的我，和同班同學的程度落差更大。

在聽不懂老師上課內容，加上無球可打、精力無法宣洩之下，我開始愛玩了起來；從跑地下舞廳、泡撞球間，到學會翹課和抽菸。理論上正值青春期叛逆的我，似乎接下來就會在這關鍵點上走錯路，尤其是原本從幼兒到小學時和父親的無話不聊，上國中後卻變得無話可說。其實在做任何抉擇當下，我都會拿出小六那年在校長室，父親電話中賜給我的「不後悔宣言」，我也把它當作「成年條款」，不知天高地厚的認為自己真的可以獨當一面了。母親對於我的叛逆舉動總是擔心受怕，但父親卻只在一旁觀察都不出聲。例如：我抽菸的事被母親發現後，隔天在我的床頭櫃上突然出現一整條香菸。母親跟我說：

「這是你爸怕你因為沒錢買菸會亂來，所以不顧我的反對，堅持要幫你準備以後若我看到床頭的菸只剩下一包時，會再補上一條。」

父親這招其實很厲害，不用透過任何責備我的言語就能讓我自省。另外還有一個例子，明明我讀的是男女分班，母親卻常常接到不同女生打來家裡找我的電話。母親很擔心我交友複雜，父親卻對她說：「要是都沒人打電話找你兒子，妳才要擔心吧。」

就是因為父親的智慧，讓我國中三年的叛逆期至少都沒有做出任何違法犯紀，或是違反善良風俗的事。此外，我認為當年沒選擇走歹路還有另一個關鍵，就是某次國一歷史課上聽到老師說的故事：

「你們是八班嘛，你們知道我們有位也是讀八班的學長兩年前做出轟動臺灣、震驚社會的大事……不知道啊，那我給個提示，他外號叫『美國博仔』。」

才剛上國一的我們呆到不行，哪知道什麼「博仔」？對於老師的提示顯然還是毫無頭緒。於是老師接著說：

「美國博仔本名林博文，生父是駐清泉崗的美軍，他出生後不久便遭遺棄，因其深邃的混血兒五官，因此常被霸凌。加入地方幫派後，國三就輟學，後來自立門戶擁槍自重、擄人勒贖，被列為十大槍擊要犯，在一次遭警方圍捕的行動中擊斃了帶隊警官洪旭，去年（一九八五年）三月即判刑槍決，死的時候才二十一歲，嘿！

他以前還被我教過喔。」

彼時我聽到這段故事，還不知道自己也有混血兒表兄姊，只是聽完故事後會產生警惕，覺得混幫派是會死人的，不想搞到家破人亡，所以愛玩歸愛玩，還是會謹守分際，如此而已。但日後得知自己的表親是混血兒後，每當看到年紀略長於我的混血兒總是有股親切感，尤其是明顯帶有非裔血統的，會有意識的多看幾眼。聽到美國博仔的故事後，也會希望表兄姊在國外的成長過程中，不會發生被霸凌的不好經歷。

三年國中都在玩樂，沒把心思放在課業學習上的必然，就是高中、五專連填志願的資格都沒有。帶著畢業證書到離家最近的一所私立高職登記入學，選科時為了彌補在國中男女分班的缺憾，於是挑了女生較多的國貿科。新制服發下後有條領帶，換冬季服裝時必須打在長袖襯衫上。生於日治時期的父親雖然一路走來都十分清苦，但是記憶中他只要是非工作日的外出，無論冬夏一律是襯衫領帶西裝褲的標準裝扮，只差沒戴個紳士帽而已；不戴帽子是因為我們家有著一頭茂密捲髮基因，父親不想壓壞髮型。哈！這讓我想到小時候有一回父親帶我去剪頭髮，說好了只是修一下雜毛，但理髮師傅認為小孩子的頭髮就是要短一點才好整理。剪完後，我的頭髮只不過比父親預期的長度稍短一點而已，那名理髮師就被父親責罵，之後成為拒絕往來戶。另外國小在球隊時規定每位球員一律要理成三分頭，結果全隊只有我例外，聽說是當初父親跟教練談好讓我重新加入球隊的唯一條件，可見父親對頭髮的重視。

我拿著學校發下來的領帶，請父親教我打出好看的領帶結，他的解說加示範讓我很快學會，父親驗收時也給我很高的評價。我很好奇父親為何會打出那麼美觀的領帶，並且對於服裝搭配的品味也很有Sense。父親說，他年輕時代在印刷廠工作，剛好碰上越戰商機，大雅路上的西服店生意很好，於是開創在下班後的另一個副業，就是把印好店名的牛皮紙袋送往各西服店，西裝放入紙袋裡後再依據個別客戶的需求，一一親送到指定地點；可能在某飯店大廳、某舞廳內，或是前往CCK外面交。那陣子他時常穿梭在各大西服店裡，於是學會了好看的打領帶方式，也啟發了父親西洋服飾的穿搭品味。現在回想起來，說不定父親也是藉由自己開發的副業，順便藉機私下四處打聽大姑姑的下落吧。

此外，我國中每週六下午泡舞廳的那時期，母親總愛故意在我面前調侃父親說：「你怎麼不教你兒子幾招舞技？」年輕時總以為是母親在開玩笑，後來據父親自己證實，我才知道原來他因為常跑舞廳交貨，不知不覺中就變成舞棍了。

換冬季制服日當天，朝會前全班許多同學為了打不好，或根本不知怎麼打領帶而哀鴻遍野，尤其是女同學，不是長度不對，就是打出來的領帶結太醜。我抓住這難得展現的機會，為向我求助的女同學一一迅速打好領帶；真的很懷念父親打的領帶結，論美觀，時至今日我還沒看過足以超越的。

有朋友知道我在尋親，也曾建議我何不直接在社群平台上，將尋親貼文公開。

我礙於某些顧慮而不予以採行，不過也因為透過好友們提供相關資訊，意外得到許多那個大時代的小故事。例如誰的大伯曾經在 CCK 俱樂部裡面當過服務生啦、某人的姨丈在大雅路上的西服店當學徒時，遇過許多上門的美國顧客等等。原來相隔半世紀看似好久，卻因為每個人的生命旅途中，都可以說上一段與美軍的淵源，而將歲月的時間軸拉近不少，就算沒有親友跟美軍有過第一線接觸，資深臺中人也幾乎嘗過、聽說過老牌子的「劉麵包」與「薔薇派」。

## 混血兒

在同領域工作的某位學弟，有天轉寄了一篇專題報導的網址連結給我，前半段的大意是關於臺灣夜店知名混血兒 DJ 吉米，在疫情延燒期間沒有工作下，決定回臺中向母親學習炸雞手藝的內容；那是當年只有在清泉崗基地的美軍才吃得到的炸雞。學成之後的吉米在住家附近的向上市場擺攤販售，並將產品取名為「美軍炸雞」。因為特殊的口感而獲得不少熱烈回響，因此不只是紙媒，連網路播客也都爭相前來做短影音節目，更增添慕名來朝聖的粉絲，我和太座決定前往向上市場尋找。

或許是粉紅色的主視覺加上亮片飾件的點綴，使得由機動三輪車改裝的炸雞攤非常顯眼，接近攤位時還可以聽到具有格調的特色西洋歌。這些元素讓我們很快地看到報導中的攤位。

「旁邊可以先坐喔，油還在預熱。那邊有單子和筆可以勾選，填完交給我就可以了。」

老闆吉米看到我們像欣賞藝術品般的在攤車旁打量駐足，很輕聲地用溫柔的語調微笑解說著。我目測吉米大概至少一百八十公分高吧；一九七二年出生的他雖然年長我一歲，但身材瘦長的吉米，體態明顯比我年輕，很難和年過半百的大叔們聯想在一起。端詳著吉米的捲髮、黝黑的皮膚和餐車 LOGO 中顯然是他小時候的可愛照片，腦海裡馬上對照起大姑姑寄來那張聖誕賀卡上的全家福照片；照片中大姑姑和姑丈分別坐抱一對大約二、三歲的兒女，應該就是我的小表哥和小表姊，小表哥的模樣和吉米這張餐車上的照片很雷同。當然吉米的母親鐵定不是我的大姑姑，不過在那一瞬間，我把吉米想像著就是親表哥，內心有股莫名的悸動。

據報導所敘，吉米的生父是一名在越戰期間駐台的美國黑人空軍士兵，和在臺中美軍俱樂部工作的臺灣母親認識。吉米的父親在臺灣退出聯合國不久後返美，一個月後吉米出生，父母兩人卻因故失去音訊。吉米從小生長的過程中，因膚色受到不少歧視，二〇〇六年吉米曾經親赴美國尋找生父。吉米說過：

「人生就這麼一次；若找到父親，他並不求愛，也不希望影響他原有生活，只希望知道他現在過得好不好。」

我來向上市場雖不是為了一嘗美軍炸雞的滋味，但卻意外地在這裡尋到親情的氣味。

這次獨自來找小姑姑，專程打探任何可能遺漏的蛛絲馬跡。從小姑姑口中得知信封全部散失的信息，無疑是一大打擊。在準備跟小姑姑道別前，腦中突然襲來、對她提出這一個假設性的問題：

「您覺得大姑姑有沒有曾經試著找過我們？」

小姑姑對於提問沉思不語。我接著說：

「假若她到美國後一直寄信給您，只是您沒收到；也許她在美國也搬過幾次家，所以小姑丈的朋友帶著信封去美國當然也是找不到；又或者她曾經回到臺灣，去到她出國前您們住的地方找過，卻不知道後來我們搬到哪裡啦？」

「我覺得你大姑姑一定死了。」

我沒有想到小姑姑會在沉思後，噴出這句這麼犀利的話。

「蛤？為什麼？為什麼您認為大姑姑已經不在人世了？」

「你想想看嘛，臺灣這麼小，要找家人有這麼難嗎？隨便問一問很容易找到的……我寧願相信她死了也不願去猜她有沒有來找過我們……這樣想心裡才不會難過。」

第一次看到大姑姑的名字是在二〇〇六年為父親出版的回憶錄上。第二次再看到她的名字則是在十年後的二〇一七年初，因父親過世要辦理拋棄繼承。依法，三等親內都需要在聲明放棄繼承的文件上簽名。程序上，我必須通知大姑姑，即使失聯也要把文件用掛號寄出。我拿著父親的死亡證明到戶政事務所申請大姑姑的戶籍謄本試著取得郵寄地址，沒想到還真的有！看著資料上登載著大姑姑的姓名和出生年月日，還包括配偶欄上外籍姑丈的漢名；不同於有如傳說般的回憶錄內容，這是正式的公文書，而且是「因為父親的去世才看到大姑姑鮮活的資訊」，內心是充滿感慨的。謄本上列出大姑姑的戶籍地址是位在北投區某條路，動態記事上註記著「民國六十二年一月二十九日出境、民國八十四年八月二十五日遷出登記。」若只憑這張謄本，我是不可能起心動念想找大姑姑的，若不是多年後在小姑姑家出現有著神似父親的大姑姑那幾張照片的話。

當年取得大姑姑的戶籍謄本時，幸好有用手機翻拍下來，不然正本已經用於拋棄繼承的文件，礙於個資法只能直系血親申請戶籍謄本的規定，是無法再申請取得的。對於謄本上登載的一些專有名詞，一般民眾其實不易解讀，例如「除戶全部」上的除戶兩字，就讓我當年誤認大姑姑已經亡故。因此我把翻拍的照片印出來帶往鄰近的戶政事務所，請教戶政人員為我解釋上面的訊息。原來，動態記事上註記八十四年（一九九五年）八月二十五日遷出登記，有可能是大姑姑本人回到臺灣辦理，也有可能是戶政單位在經過法定時間後，清查大姑姑已經沒有任何的入境資料，系統自動將她辦理遷出。我很好奇，既然有六十二年（一九七三年）一月二十九日出境紀錄，若遷出登記也有可能是大姑姑回來辦理的話，為何沒有入境紀錄？關於這點，戶政單位也解釋道「大姑姑出境時是以中華民國身分，所以一定會有登記，但之後她若取得美國公民，使用美國護照入境臺灣，就不會登記在戶政系統中。」

得到這樣的說明後，我試著編寫大姑姑曾經在一九九五年從美國回到臺灣尋親未果的情節，那是我在尋找大姑姑過程中的換位想像，我是真心希望現實中確是如此。「我覺得你大姑姑一定死了。」沒想到小姑姑也有屬於她自己的假想，一個半世紀來，隱藏在思姊遺憾下的偏執想像。

除了社群網站，我也到圖書館裡借閱許多關於越戰時期美軍在臺灣的相關歷史書籍，其中《失落在膚色底下的歷史：追尋美軍混血兒的生命脈絡》[1]一書，是針對該主題敘述最豐富、對我來說最受用的寶書，作者陳中勳因為碩士論文研究需要，蒐集許多越戰美軍在臺相關的口述歷史，集結他既有的研究史料所出版。我也為了尋找大姑姑一事，特別當面請教陳中勳先生的建議。他表示，在移民社會大熔爐的美國，很流行送驗自己的DNA，來追溯祖先來自何方，以及種族比例的成分，只要在網路上購買服務寄出檢體樣本，都可以查詢比對全世界上千萬筆的資料。陳中勳曾經用此方式，指點父不詳的在臺混血兒，找到自己的生父並成功相認。如果要進行DNA檢體採樣，從小姑姑著手會比我合適；大姑姑的DNA會出現在資料庫的機率不高，但若混血兒的表哥表姊，可能會因為對於自己的膚色和亞裔來歷感到好奇，就有足夠的動機透過資料庫尋根。因此採集和他們母親DNA相近的小姑姑檢體，相較於我去作比對會來得更精確。

1 陳中勳，《失落在膚色底下的歷史：追尋美軍混血兒的生命脈絡》（臺北：行人文化實驗室，二〇一八年）。

# 傳家寶

二〇〇六年在我要當父親之前，真的不知道自己還有一位大姑姑，更不用說她還嫁給美國人生下兩位表兄姊並移居美國。之所以會知道這個家族祕辛，就要從我即將當爸爸那年的父親節說起。距當時再往前推三年，也就是二〇〇三年，一向硬漢般的父親終於接受必須終身洗腎的事實。至此他認為自己跟身障人士無異，意志力也日漸消沉。於是我鼓勵幾乎足不出戶的父親記錄下自己從小到大的回憶，或者想到什麼人生旅途中過往的點滴片段，不一定按照順序，隨時都可以用筆寫下來、或用錄音機錄下來。起初這個提議並未引起父親的興趣，但在兩位姊姊也加入鼓勵的行列後，父親便答應會動筆試寫看看，沒想到這一試就寫了兩年。直到確認我即將當父親之後，便決定著手整理父親的手稿，出版一本專屬於家族成員的回憶錄，做為該年送給林家大家長的父親節禮物。家族每位成員都要提供一篇想對父親或阿公說的話，我在看過初稿後，從家族相簿裡找出幾張對應內容的照片進行圖文排版、輸出裝訂，終於趕在父親節前夕完工，這本回憶錄僅發送給父親以下的第二、三代家族成員，沒開放給外人看過；二姊在拿到回憶錄後開玩笑的說：「這本從現在起，就是我們林氏一族的傳家之寶。」

父親的回憶錄從一九四〇年的日治時期出生作為起點，總共五章，主題分別是「幼年」、「工作經歷」、「當兵」以及「紅粉知己」和「結婚生子」。回憶錄停筆在一九八〇年，在父親人生旅程中僅是剛過半而已，可惜父親直到離世前都沒有再為規劃中的回憶錄下冊留下隻字片語：「未完無法待續」成了家族的最大遺憾。

我自己在初看回憶錄前四章時，好像是在看別人的故事，但閱讀到關於自己出生後的第五章，對父親的印象與回憶就會特別深刻；許多以前和父親互動時無法體會的吉光片羽，在父親的文章內得到釋懷的答案，也再度串起了情感連結。說也巧合，兒子和我的歲差，與我和父親的歲差，都是三十三年。所以透過回憶錄回溯父親當年對我的教養，變成是日後我在面對教養兒子時最好的參考書。

因為決定要找大姑姑，才會重新打開父親的回憶錄。事實上在父親去世後，我連要翻開這本回憶錄的封面都是需要很大的勇氣。從出版後至今已過十八年，這次重新細看回憶錄的感受，像是父親對自己人生的懺悔錄；許多描寫後悔的內容彷彿是對我們兒孫輩的警語。而就我來說，更是已故父親身後留給我最後的父子對話。當然，也是因為要找尋大姑姑的緣故，才會對小姑姑有更深的認識。

## 命運

小姑姑曾說，當年她迫不得已當酒家女時，其實相當潔身自愛，因為歌唱得好，所以在「賣藝不賣色」的情況下，很多酒客去店裡捧場其實就是為了聽她唱歌。有個已婚的客人因為工作業務需要，常常帶客戶到她上班的「夢中夢」酒家應酬，久而久之變成熟客，也默默觀察了小姑姑兩年，發現她能在此複雜環境下依然堅持原則感到佩服，因此在取得小姑姑的同意後，拿出兩萬塊為小姑姑贖身，至此小姑姑才總算脫離養父母的控制。

「小姑姑也為了報恩成為那位熟客的細姨吧？」我膚淺的這麼以為。

「不！」姑姑說。

「幫我贖身的唯一條件就是只要他每次來店裡時，我還是可以繼續唱他點的歌；可以常常聽到我的歌聲就是對他最大的回報。」直到多年後那位恩人決定到國外發展事業，這樣的隱形契約也就自動失效。

小姑姑將自己過去購買練歌用的上百張黑膠唱片、過去所拍的照片，以及漂亮衣服、配件全部丟棄；將身為養女、酒家女的不堪歲月通通拋去。決定在三十歲這一年接受她閨密的作媒，嫁來南部以純樸農婦身分過新生活，直至小姑丈臨終時，都不知道這段塵封的過去。

我認為到美國後的大姑姑，和小姑姑決心嫁到雲林的歷程一樣，一家人過的已經是完全不同於在臺灣的生活，除非自己提起，否則沒有人會知道她曾經在臺灣基隆、臺中都從事過吧女的工作，我的表哥表姊懂事後應該也不知道。就是這個顧慮，讓我不願大張旗鼓地透過資訊公開方式尋找大姑姑啊。當然，我也不是沒想過真的找到大姑姑那一刻，或許她也有可能因為顧忌，不願意和我們相認。

每次要離開小姑姑家之前，她總要我幫她做些雙手健全才能處理的日常小事，例如將冰櫃內的肉品分裝成小袋後綁起來，或用開瓶器將調味醬料瓶罐打開等等。小姑姑在小姑丈去世、碾米廠收起來後，經過上課考取居服員證照，每天到鄰近的幾個鄉鎮做居家照護的工作，不是為生計，純粹是想多一個專業用來幫助有需要的人，她曾說：「小時候我被欺負到怕，所以看到弱勢就會特別想照顧」。那段時間沒出班的下午，她就會在碾米廠內廚房旁新搭起的木板隔間內，打開添購的點唱機，擺幾張桌椅，下廚炒幾樣小菜讓鄉親邊唱歌邊享用，偶爾也唱歌給鄉親聽。不料在一次騎機車下班回程途中摔車，導致右手嚴重受傷，即使傷癒經過復健，也宣告永久無法再使用了。今天我回家前被指派的任務是幫她將去年蒜頭收成時釀的整桶蒜頭酒，分裝在回收來的玻璃酒瓶內。我們到那間也已經廢棄的木板隔間內，桌椅都還在，只是有些灰塵，小姑姑左手指向角落要我把蓋在酒桶上的塑膠布掀開。我蹲在酒桶旁，左手拿勺子伸入桶內將釀好的蒜頭酒舀出來，透過瓶口上的漏斗倒入右手扶著的玻璃瓶內。小姑姑坐在一旁監督時感嘆著：

「時間過得真快……尤其這幾年感覺更快；眼睛一眨就天亮，再眨就天黑。以前小時候當養女被虐待時，都想著什麼時候才可以長大……時間好慢好難熬！想像不到現在日子快活了，時間卻變得好快……真的好快啊！」分裝任務完畢後，我將塑膠布蓋回時，才發現酒桶旁居然是一部點唱機，雖然有些鏽斑，但感覺應該沒壞。

「小姑姑，妳現在還會打開點唱機來唱嗎？」

「不用打開唱啦，那些旋律與歌詞我都還記得幾百首，不管是國語、臺語還是日本歌，無時無刻都在我的腦海中……啊剛裝完的那幾瓶讓你帶回去臺中嘿！」

「可是我媽看我帶蒜頭酒回家不就露餡了？」

「露什麼餡？大姑姑生死成謎值得讓你花那麼多時間去找，你母親人還好好的，不是應該花更多的時間去陪伴她嗎？」

我不敢再多講什麼，趕緊收拾後帶上這一手蒜頭酒。離去前在徵得她的同意下，我將購自美國的 DNA 採集工具包，依照使用說明書上的方法收集她足量的唾液，將採樣盒確實彌封。

「回去開慢一點，上有媽媽下有兒女，要有責任感，路上別被激怒了，就跟陌生人飆車嘿！」

小姑姑目送我上車，她明白「衝動」是我們林家基因的重要成分，每次離去前都叮嚀我別在車道上和他人逞凶鬥狠。我踩下油門慢慢開始滑行，從車內後視鏡看到小姑姑還站在屋前原地望向我的車行軌跡，直到車子右轉後她的身影才消失。

我回想在尋找大姑姑的過程中，似乎也體會了所有世間人與人的感情，都不該被壓抑。

母親的第一個男人是父親，十八歲就跟著他私奔，在不被雙方親戚的祝福下，母親為了這個家吃了不少苦，我們三姊弟成長的記憶中，父親沒有一天能逃過母親的叨唸。即便如此，父親幾乎從沒對母親回過嘴，通常只是靜靜的聽著，不然頂多騎車出門避鋒頭。在我婚後的某次家庭聚會上，自知來日無多的父親沒來由地突然在母親和我們姊弟面前淚如雨下。

「我走了以後很怕你阿母會被欺負。」他伴隨乾嚎擠出這句。

面對硬漢形象父親的失控，兩位姊姊急忙安撫父親情緒，我只能故作鎮定、實則慌張到不知所措。看著坐在一旁默默流淚的母親，我知道那是壓抑的父親對多年來有所虧欠的母親、風風雨雨都不離不棄的老婆，所表達的不捨與愛意。

我曾問過小姑姑：

「您覺得我爸是會想念大姑姑的嗎？」

「骨肉親情，怎麼可能不會想念？」她這樣回。

我不會懷疑父親臨終前是否想念過自己大妹的答案，甚或推想一定在他壓抑的心裡面問過自己：

「當初若是不甩出那一記耳光，大妹或許就不會離開臺灣了吧？」

父親辭世八年了，兩個叔叔更是早他一步，上一代只剩下小姑姑一人，或許還有生死不明的大姑姑。如果我能找到大姑姑，我很想代替父親給她一個道歉，讓她能釋懷，讓父親生前留下的遺憾之一得到救贖的機會。

上西螺交流道前明顯覺察到，出來曬蒜頭的民家比來時更多了些，我把車停在有樹蔭的馬路旁攤位前，向蒜農買了一網袋剛曬好的蒜頭，拿出一顆剝好其中一瓣，靠近鼻子閉上眼睛深深的聞入口氣。心裡閃出下次也要帶媽媽一起來看小姑姑的念頭後，眼眶突然不設防濕潤的同時，彷彿聽見父親瞪眼對我說：「憨頭，查埔人有啥好哭的！」

## 評審評語——

將個人家族史與集體時代史巧妙鑲嵌，敘事流暢，素樸動人。作者運筆如運鏡，與小姑姑的互動極富畫面感，勾動讀者的好奇心，多層次往前探究長年缺席的大姑姑。父子之間矛盾複雜的情感，特別令人動容。那個貧困家庭的長子，幼時因疝氣飽受凌辱、愛看電影也愛棒球、暴躁不懂表達情感的父親，貫穿全文，促使兒子代他完成生前的遺憾，尋找被他的話語激怒離家出走的大妹。聚焦在與「我」生命經驗相連結的報導，最怕情感氾濫、過度推論，但作者的行文節制，標題與收尾都好。在尋找大姑姑的過程中，階級與性別視角生動地融合於歷史敘事之中，作者做足了功課但又不拘泥於史料，運用空間與時間的史料掌握得宜，細節充滿文學張力。

——顧玉玲

## 獲獎感言——

從事影像創作二十四年來，第一次嘗試用文字進行創作，或可證明好的故事主題不應受限於媒材。個人認為在現今人工智慧狂潮的席捲下，人文底蘊應該更被重視，成為科技發展的心靈基石，而非棄之如敝屣。因此我也藉著投稿這次徵件的行動，給自己的學生們一個身教。我要感謝主辦單位全球華文文學星雲獎，以及評審們的肯定。也感謝支持我、鼓勵我創作的家人。最後謝謝「過了五十歲還在持續學習精進的我」！

# 佳作
評審推薦

第十四屆
全球華文文學星雲獎
報導文學

# 拔水而起的南科

**蔡仲恕**
經濟部水利署第五河川分署退休人員

**學歷**——

嘉義農專農田水利工程科

**經歷**——

堤防工程測設、監造及滯洪池開發計畫

承辦都市計畫個案變更業務

曾獲文薈獎、臺南文學獎、大武山文學獎、時報文學獎及全球華文文學星雲獎等獎項

# 拔水而起的南科

## 治水是南科第一道基礎建設

「科技重底蘊，治水講實效。」這本是兩種不同介面、不同領域的專業工作，南部科學園區特定區（以下稱南科）建置時，若缺少了治水這道程序，彷如智慧型機具，缺了驅動的軟體元件，變成一種死寂的硬體。南科九〇年代初期建置時，若沒有八〇年代後期，啟動南科外圍河川水系治理工程，恐將無法為南科搭建良好的投資生產環境。

南科籌備處成立前，著眼計畫區北側外圍的曾文溪為活性河川，遇雨易釀災。為南科安全及長遠發展考量，將南科北側治水軸線拉到曾文溪，為南科前期建置，買了第一道基礎建設防洪保險。水利單位（河川局）銜命配合政策，整治曾文溪的第一步，是將湍急水流的沖刷與河岸抵抗力，形成流路不穩定，導致河川的彎彎繞繞修正。治水人員在曾文溪進行河岸低水治理的保護工程，能讓汛期的驟雨，不再因洪水彎繞竄流，造成更大的災禍。

住在善化區胡厝寮寮里的料雲，住家捱著曾文溪胡厝堤防，他是水利工班的技術工人，汛期時，受河川局委託，處理曾文溪堤岸維護管理工作。料雲的工作是在風雨中關闔、啟開水門、調節河川水位，又或尋搜河川堤岸在風雨中是否遭到破壞。料雲常自嘲自己單薄的身軀，像曾文溪的蘆荻，風雨來襲時，一半在溪裡搖，一半在風裡飛，肩負保護曾文溪河防安全的重責大任。

料雲在非汛期時，會一起和鄰里居民租賃曾文溪兩岸的溪埔地耕種及養魚。租賃溪埔地的居民，循按曾文溪的特性，在凸岸（胡厝寮那一端河岸）種植西瓜及高粱等作物；在凹岸（胡厝寮對岸）以格框養魚。靠溪生活的居民，受制天災的不安定感，總在固定節日，於河岸邊擺供祭拜河神。他們以為只要虔誠祭拜，皇天后土會在河岸旁新增土地讓他們耕種；又或河神也會保護養在河岸格框內的貝類及魚類不會被溪水沖走。

曾文溪河岸經過大自然的斧斤月鑿，形成彎繞河川的一邊是凸岸，對應的那一岸就會是凹岸。往往在汛期時，河川流速變快，經過彎繞河岸的水能量無法維持平衡，造成凹岸一直被沖刷，泥沙繼續往凸岸掛淤，形成凹岸更凹、凸岸更凸的河川物理現象。而無知胡厝寮的居民，以為只要用敬天畏神的虔誠心祭拜，河神會新增河灘地給他們耕種，於是在河川灘地耕種農民形成「有拜拜、信河神，就有保佑」刻板偏執的印象。

胡厝寮居民這樣偏執的刻板印象，普遍存在只要不失去對河神的恭敬心，上天自然會給恩賜，不會讓他們遇上大水災。治水人員在曾文溪低水治理之前，已經告知他們治水的重要性，可是胡厝寮居民靠溪生活傳統的千篇一律，已經產生相對安逸感，倘若河岸的變遷，導致河灘地增減，而讓他們改變傳統工作型態，怕是會產生相對剝奪的焦躁感。

曾文溪進行低水護岸整治時，河川局放租的公有河川灘地，需先辦理卸租收回放租的河川灘地，再進行曾文溪低水治理。會有如此的程序，係因進行低水治理時，河岸旁的河川灘地有時得當施工便道，或是施工材料的暫置場地；另一方面是因為低水治理後，河岸會因工法的布設，影響水流方向。亦即河岸經過低水治理後，河岸端受到沖刷或淤積，地形、地貌改變後的河川灘地，將來放租時，還得依實際面積重新放租，才不致引起紛爭。

治水人員為讓工作順利推動。先在胡厝寮活動中心，播放歷年來洪水激流在河川凹岸，湍急般地來回沖刷，導致破堤漫淹村落的紀錄片。接著治水人員率工班，在曾文溪溪埔地治水現場，施設一座跟胡厝寮治水現場一樣的縮小版水工模型（河川模型），並在水工模型注入大量的水，讓水工模型產生如懸瀑般的動能，來回衝擊模型河岸，讓胡厝寮居民實際體驗以水利科學方法，模擬河川遇洪流遭受破壞情形。

河川模擬試驗結果，部分模型河岸受到水激流穿鑿後崩塌，崩塌後的泥沙隨著激流漩渦漂流到另一岸淤積。治水人員採用科學的水工模型試驗，以增減水流方式處理，模擬並還原洪水災禍現場，為彎繞的曾文溪河岸拉起低水治理的軸線，沁潤出最靠譜的河防安全。待曾文溪水工試驗數據出爐後，治水人員從受從水工模型遭受破壞情形，擬定在胡厝寮對面的曾文溪凹岸（胡厝寮對岸），築丁壩及砌石護岸等兩道治水工法。

曾文溪實際低水護岸治理時，治水人員率工班們如大化布局般，在曾文溪胡厝寮對岸，將石頭由河岸往河床方向垂直堆砌，堆疊後和河岸呈垂直關係，形狀如丁字，遂被稱為丁壩。丁壩在實際施工經驗方面，會依照實際河川凹岸弧形長度，架設七到十一支不等的丁壩；而砌石護岸是在河岸表面堆疊石頭，利用石頭間不規則表面，找出能契合的接觸點，緊密結合互嵌，表現出一種堅固的凝聚力，一起和丁壩防止激流沖壞河岸。

低水治理完成後的汛期，幾次在風雨中見到激流夾著千軍萬馬的動能，以近乎垂直的角度攻擊丁壩。彷如古戰場的兩軍，部分激流被丁壩攔截於河岸前，部分激流迂迴繞到丁壩後方，或者是往下攻擊第二支、第三支丁壩……洪水激流像攻城般一波接一波捲起浪潮攻擊丁壩群及河岸。河岸經過砌石護岸的保護，激流被削弱動能，分解成水和泥沙。水以反狀漩渦告別丁壩及砌石護岸；被解開的泥沙則掛淤（淤積）於護岸前，進而達到保護河岸效果。

處在險灘惡水的凹岸，在治水能量平衡下，逐漸填補原來凹洞的河岸，達到截彎取直的低水治理功效。居住在凸岸的胡厝寮居民見到他們的溪埔地反遭沖刷崩壞，土方及泥沙堆積到對面凹岸。這樣的治水結果，站在治水人員角度，將來河川地重新放租後，只是養殖與農耕行為的互為變化而已。可是胡厝寮居民卻不願意到對岸整地、耕作或養魚，他們群起陳情撻伐，說是一群治水人員不公不義，利用移山倒海的騙術，破壞他們那一岸的風水。

胡厝寮居民抗議對岸排列的丁壩群，像一支支射向他們居住地的水箭。他們具體形繪，射到屋角的「屋角煞」導致他們惹出一身慢性病；射向門縫的「天斬煞」讓村落的人染上血光之災；射向屋側的「沖背煞」也讓有些人丟掉工作……明明胡厝寮居民們都過得好好的，料雲不解他們為什麼拿自家的變故來說嘴。

治水人員認為胡厝寮居民，會產生相對剝奪的焦慮感，有它形成如此認知的環境背景因素。尤以汛期時，曾文溪年年上演河川水位暴漲，有時反噬種在河川低灘地的莊稼，有些甚或產生耕種的土地流失。可以理解在居民不懂水利科學的因素下，這樣的發生，衍生並牽動居民長久以來的共同生命經驗，那是一股嚴重的失落感，在求助無門的狀況下，轉而相信神祇會助他們的舉措。

對於胡厝寮居民在風水的布局中「規矩」太多，治水人員礙難照著這一干人的要求，避開風水的窮凶惡煞。治水人員堅持經過水工試驗後布設的工程，係最公允又安全的工法。他們抗議無效後，只得轉而相信神祇。他們沿著丁壩延伸的方向，在自家掛起九宮八卦牌、乾坤太極圖及移山倒海圖等物來避煞。

曾文溪低水河岸治理完成，接續是高水治理，所稱的高水治理，大抵是以興建堤防為主。未整治前的曾文溪堤防，大抵都是日據時期興建的土堤或是一層石頭一層混凝土砌成的混排塊石堤岸。當年堤防設計套用的洪水頻率（洪水重現期距）標準，已無從考究。治水人員這次到曾文溪高水治理前兩年，先行辦理堤防興建前的水文調查，將水文調查數據，推算出堤防興建的高度。

水文調查範圍非常廣，包括尋常水流速，洪水淹沒痕跡調查，颱風來時河川全洪程調查，歷年總降雨量調查等等。待這些調查數據交叉比對計算後，堤防興建的計畫堤頂高度就出爐了。但水利單位深怕極端氣候會引來更大的洪流，在水文調查後，得知的計畫堤頂高，往堤頂再加一公尺高度，就是曾文溪目前興建堤防高度。

曾文溪堤防工程改建，係在原地改建，不僅省去徵收程序的麻煩，工程布建時程，也比較好掌握進度。料雲說：「治水人員當年在曾文溪辦理的低水治理，考量河川環境干擾，原則不使用混凝土興築，而是就地採集曾文溪內石料來興築工程；曾文溪堤防改建，因離河岸較遠，河川生態比較不會受到干擾，則以混凝土輔以鋼筋等材料，興建成安全係數極高的超級大堤防。

料雲和我站在完工後曾文溪超級大堤防的堤頂，隱於治水背後許多工序，融入許多不為人知的辛苦。料雲說：「計畫區外圍南岸的鹽水溪，也是比照曾文溪的治理方法，接續辦理河川整治。」一八〇年代後期，若沒有治水人員奉獻專業及努力，治標又治本雙管齊下，在南科計畫區南北側外圍，同時辦理低水治理及高水治理，才能在南科開發前，提供免於洪患及淹水的開發環境。

## 南科成立前的粉間

我和料雲離開曾文溪後，經過善化區的陽明路、中山路、中正路再轉進西拉雅大道，對我這個老臺南人來說，我穿越記憶的景象，過往這地區交春季節，正是綠秧萌新芽，又是另一年農忙的開始；此時一棟棟嶄新的科技建築，拉到我的視線前，讓我落入時光的迷障中。

我再按著Google Map的引導，從西拉雅大道右轉進入比產業道路大一點的大順六路（舊時為三舍路）。這條路是傳統農業區與科技園區的分際線。一棟加大型的三合院，安靜趴伏在農業區內。三合院的正身，加長版的七間房，兩側護龍只有頂蓋並沒有牆板與屋身。護龍前緣有一排排狀似水溝寬度且久未使用的沉澱池，在陽光照射下，閃著如混凝土白灰的凝滯與斑駁。

三合院屋主朝環（料雲伯父），世居於此，從台糖善化糖廠退休已超過三十年，年逾九十歲的耆老，老伴過世多年，五個孩子都在外落地生根。朝環平日生活起居由外籍移工看顧，他一生的歲月故事，植根於這片土地，彷彿只是轉個身，光陰就像成熟般，看盡這裡的滄海桑田。進屋打過招呼後，外籍移工端著自製粉圓冰讓我品嘗，我們藉由粉圓前身（番薯粉）開啟話題。

朝環家族自他阿公開始經營澱粉工廠，民間稱這種澱粉工廠為「粉間」。粉間是以番薯加工製成食用澱粉，它是一種很耗工的行業，製作過程大抵可簡化為洗薯、磨薯、過濾分離、攪拌、乾燥、包裝。南科現址一帶，舊時有「番薯粉王國」美稱，據李百勳先生所著的《南瀛粉間誌》[1]提到，早期生產番薯澱粉的粉間，光南科這一帶，全盛期就超過三十家，年產量一千五百公噸全臺第一。

朝環成家，接手粉間事業後，平日粉間工作，都由他夫人發落，下班後或假日兩夫妻再一起共營。朝環夫人極具生意頭腦，為擴大粉間經營範圍，將原來只在三合院兩側護龍製作番薯粉的空間，拓展到三合院正身及其屋簷，全都提供給工人們製作番薯粉，落實光復後，「家庭即工廠」的景象。

朝環描述：「洗淨的番薯，由制式的打洞鉛板，邊加水邊磨出番薯水粉，再以兩人一組使用白布巾過濾，接下來倒入攪拌桶中攪拌，加入明礬吸取分離後的雜質，再由輸送流籠，將半成品番薯粉流放至沉澱池中靜置幾天。」沉澱池靜置的番薯水粉、澱粉和較重的雜質會沉到底下，浮在水面上的雜質俗稱「粉頭」，因其富含蛋白質，一般都拿來餵雞鴨。粉頭下的中層澱粉，係做成番薯粉原料的好粉。

工人們自沉澱池挖取中層澱粉之後，均勻平鋪在竹簍內，再置放於伸縮方型鋼條接受日曬。曬粉時，膠結的粉團，還得靠人工將它抹勻，讓番薯粉的乾燥度一致。遇到下雨天，工人們拉動伸縮方型鋼條的捲軸，將竹簍收攏回護龍的屋簷下，改由燒炭以文火方式烘乾番薯粉。

1 李百勳，《南瀛粉間誌》（臺南：台南縣政府，二〇〇九年）。

中層澱粉下的剩粉與雜質就叫做「粉濁」，沉於沉澱池底端的粉濁易於發酵，氣味很不好。朝環粉間事業雖已結束很久，眼前已被泥沙雜草填滿的沉澱池，空氣還流溢一股酸腐味。那股味道，很難具象形容，近似酒麴的發酵味。朝環笑稱，應該比較像田裡番薯被蟻象蟲撕咬過，注入「臭香菌」，呈現一種難聞的臭味。而整個沉澱池發酵的味道，就是那股鋪天蓋地令人發暈的「臭香味」。

偏偏粉濁發酵後的營養價值高，朝環接手經營「粉間」事業後，一併經營養豬的副業。朝環以無法製成番薯粉的次級番薯，曬成番薯籤乾，當成養豬的主食，再以沉澱池的粉濁、地瓜葉、馬齒莧（俗稱豬菜）、豆渣等摻和在一起，在大灶烹煮後，產生高營養價值的綜合雜燴來餵豬。

朝環說：「自他接手經營粉間事業，沒賺什麼錢，肩負的是一份社會責任，讓來粉間工作的農民，增加一份收入。倒是兼營的養豬事業，因為有粉濁高營養加持，豬都養得肥碩壯大，賣相極佳。每銷售一頭豬，即可在南科現址購得一分地（約零點一公頃）。從此，朝環就在製粉、養豬、賣豬及買地中，壯大基業，直到他的孩子分家前，已購得三十多公頃土地。

我聽到三十多公頃土地，一聲驚呼，讚歎朝環家雄厚的家底，落實田僑仔的形象。朝環以空滯的眼神望著我，話鋒一轉：「豬可以養肥，孩子不能肥養……」我們靜默了一會，我心裡念及，親情的真情實意就是相互承歡，年老的朝環如一朵即將落盡花葉的生命樹花，果種已然完熟，無奈下一代的兒女各有各的光暈及勝場，但無一兒女承歡膝下，難怪朝環才有欲言又止般的感嘆。

朝環重開話匣子，述及南科這一帶的農業產業型態，大抵上是一年兩次稻作、一次種番薯。朝環接手粉間後，遇到一段好景氣。原本秋末種植番薯，冬天採收的種植行為，著眼當時粉間製成的番薯粉不夠銷售，他才和種植番薯的農民商量，原本開春後種植水稻，亦改種番薯，讓一年兩次收成的番薯，支應當時粉間事業的產銷平衡。

食用澱粉，分成以番薯製作的番薯粉、樹薯製作的太白粉。早期臺灣的粉間兩種澱粉皆有製作。但臺灣樹薯位於亞熱帶，產出的樹薯粗纖維過高，加工過程比番薯粉繁複，成本較高。朝環自經營粉間事業後，臺灣已很少廠家製作太白粉，皆從國外進口。隔了幾年後，進口商也從國外進口廉價的番薯粉，導致國內各粉間製成的番薯粉嚴重滯銷。

朝環接手粉間事業，短短五年間，歷經景氣高迭與崩壞。起先各粉間紛紛尋求出路，將滯銷的番薯粉再加工製成粉圓、粉粿、米苔目、水晶餃等特色小吃原料，販賣給小吃店家。朝環也度過粉間製成後再加工的歲月。他自己會努力撐著粉間事業，著眼來這裡工作的農民都值壯年，背負著養家糊口的重責，自己當然有份社會責任，繼續經營粉間事業。

另一方面係經營粉間事業，可以支援自己的養豬事業，那時候自己在糖廠收入，不足撐住食指浩繁的家口，只好繼續努力維繫住粉間事業。後來朝環在接手粉間事業第二十年，也因農民種植番薯利潤低，種植意願低落，加上東南亞低廉的工資，製成價格低的番薯粉大軍壓境，最終朝環不敵大環境，正式結束粉間事業。

## 粉間結束後的南科農耕型態

南科一帶在粉間景氣時，需工甚殷，有效解決農村過剩的人力。粉間結束經營後的六〇年代末期，南科一帶過剩人力，正好碰到臺灣基礎工業興起，有些過剩人力到鄰近食品加工廠當短期契約工；有些從事家庭代工。這些非長久性的工作，無法根本解決南科一帶農家人力過剩問題。

而粉間結束後，南科一帶除了需面對人力過剩問題，還有種植行為調整。以前粉間製作澱粉，使用的是大紅番薯，粉間結束後已不再種植甜度低、澱粉含量高的大紅番薯，大部分改種黃皮黃肉的黃金地瓜。而七〇年代起，剛好碰到臺灣農業機械化，原先由牛隻耕種的田地，改由鐵牛（小型耕耘機）替代。小型鐵牛機比傳統牛隻耕作更經濟實惠、工作效率更高，多數農戶紛紛將耕牛賣掉，改而購入鐵牛農耕。

朝環卻對家裡耕牛有著深厚的情感，仍然維持傳統耕牛耕種。以前粉間還在運作時，朝環家農田工作，由粉間長期契約工負責耕種及照顧耕牛，粉間結束後，耕種及照顧耕牛的工作，由朝環親自發落。每日在未霧散的清晨，自田裡割回牧草餵牠；木桶汲水後以斜口竹管舀水餵牠喝水；再剷起牛糞集中曝曬。家裡耕牛很乖巧，帶牠下田時，只要拉動兩下牛繩，說聲「敖—去」。耕牛一貫以優雅的姿勢跨過牛車轅木桿，再以牛角挑起牛軛掛在自己的肩頸。

據朝環的看法，由耕牛耕種的田地，許多犄角旮旯的農事，比鐵牛耕作的田地更為俐落。像藤瓜作物整田時，只要將牛車輪軸調整與二條田壟外側同寬，形成三條壟溝夾二條田壟的耕作介面。下田時，一人走在中間壟溝，將蔓生的藤蔓揀入田壟，牛隻拖著牛犁耕作，如此的整田、犁田的方法，不會像機械採收傷了繼續開花結果的瓜田。

朝環下田時，手上連接牛鼻環的牛繩，係牽扯耕牛耕作時，不率性妄為的準繩。像採收地瓜時，犛刀嵌入田壟，只要將牛繩拉一下，耕牛就拖著肩軛後的犛具前行，一串串連莖的地瓜帶著土味翻地而起。到了田壟盡頭，只要將牛繩往後往下拉緊，牠就停止前行。而牛繩往外側頓拉，牠就順勢轉彎往下一田壟耕作。

有一回朝環生重病，臥床一段時間，耕牛無人看顧，朝環夫人遂將耕牛帶到牛墟賣出。當天，朝環夫人以嫁女兒的心情，將牛角兩端繫上喜氣的紅彩帶，期盼耕牛下家主人翁能善待牠。耕牛在墟集的交易場地完成摸壽、試步程序，等到考車時，牠即將在一灘泥濘場地，拖著鬥死輪軸及裝滿混凝土塊的牛車，測試牠的體力極限。

當牛販仔要為朝環家耕牛掛起牛軛準備考車，牠卻將牛角舉高，不給掛牛軛。

牛販仔躍起喊聲「看—伊—內」語詞助攻，硬是將牛頭壓將下去掛上牛軛。牛販仔將手中牛繩嵌入牛軛開槽處固定，踏上考車前板坐定後，舉起藤鞭條甩在牠身上！「嗷，去！」牛販仔發出如定音鼓長長的震波聲，發落牛隻向前行。

耕牛身體抖了一下：「哞、哞」兩聲，那低婉的吟哦聲，使勁要邁步的雙腳，卻甩不開身後的沉重，牛軛和牛肩頸磨擦出泊泊噗的聲響，牛車看似要解體，實際卻文風不動。牛販仔手上的藤鞭又使勁往牠猛抽。「嗷—去」、「哞—哞——」促喊聲與耕牛的悲鳴聲，如渾厚低鳴的大提琴與短亮的小號混撞聲響動了牛車，負重而行的牠又被一步一鞭抽，走了幾步癱臥在泥濘地，氣喘噓噓地鼓落牠的肚皮。

牛販上前將牛軛解開，跟朝環夫人說：「考車沒過，不適合再繼續耕地，可以將牠以肉牛賣出，送屠宰場宰殺。」萬物皆有靈，耕牛彷彿聽得懂牛販擬將牠買進當肉牛處理，牠待在原地不動，雙眼流著淚。朝環夫人還是跟耕牛有感情的，到底沒答應牛販子以肉牛賣出的提議，而將耕牛牽回家。

朝環眼角泛著淚光講述與耕牛這段深厚的感情，慶幸的是耕牛最後得以在朝環家終老。待朝環病體穩定後，他的體力已無法負荷一年三次作物耕種的頻率，只好跟鄰近台糖公司管理的看西農場，契作一年一採收的甘蔗。但因朝環家農地與看西農場大部分農田同處低窪，每逢汛期，栽種的甘蔗長期泡水，無法抽高且開花期早又長，收成的甘蔗硬又空心、甜度不足，每每收成，都被台糖公司打成收購價格低落的次級品。

朝環家田地改種甘蔗後，雖然拂逆了低窪地不適合種甘蔗及收益比一般甘蔗低等不利因素，但有管理方便、節省種植成本等好處。甘蔗收成時，台糖運輸甘蔗的五分軌小火車，縱向切開田野與傳統農家，駛到看西地區停駐，採收裝載甘蔗後再運到善化糖廠製糖。整體而言，甘蔗的種植從扦插蔗苗到採收賣出都很單純，不必像其他作物的種植行為，從育種到收成都要操不少心思。

裝載甘蔗的小火車，一路「伊嗚、伊嗚」，從南科計畫區東邊呼嘯往北開到善化糖廠。每逢製糖的季節，總是免不了的程序是將甘蔗壓搾、清淨、脫色、濃縮結晶、分蜜、收集與乾燥再包裝等程序。「整個製糖流程從半手工，到我退休前是以機械化製糖，製糖過程一般是十公斤的甘蔗約可產製一公斤砂糖。」朝環笑稱自己在台糖製糖事業中，度過大半輩子的時光，就像自己坐著小火車旅行，沿途切換不同的人生風景。

朝環在看西地區種植一年一作的甘蔗，收入剛好和成本打平，種植幾年之後，認真思考改種其他作物。朝環和看西農場外圍的私有地農家，決定遷就看西地區現地經常積水盈尺事實，加高田梗方便保水後，改種菱角及荷花。對於又重回勞力占比高的農作物種植，雖然朝環的身體不好，孩子們都已長大，可分擔部分農忙。

大夥決定改種荷及菱角，加高後的低窪地還兼養鯽魚及塘鱧魚，這兩種魚類放養在荷池及菱角田，它們會吃食這兩種作物分解的藻類及微生物，活動力強的塘鱧魚還會追逐依附在荷株及菱角株的水生昆蟲，提供給布滿水池表面的植株，掀開呼吸空間，進行光合作用，不致讓溶氧低的環境影響荷花及菱角生長。

看西地區私有地改種水生作物後，改變當地農業種植型態。栽種水耕作物有句諺語：「三月三，藕出苦；九月九，挖蓮藕。」清明前後將荷花及菱角種下，待它們分櫱長成，直到國曆十月末霜降節氣前採收蓮子，霜降節氣後則採收埋於爛泥底下的蓮藕。菱角也是在農曆三月三清明節後種下，菱角一年會有五到六次的開花及收成期，直到霜降節氣前後，菱盤的菱葉開始腐爛變成死株，才完成它的生長週期。

收成的菱角及蓮蓬運回住家，倒入大水槽中分類並洗滌。分類及加工後的菱角、菱角仁、蓮子、蓮藕湯及蓮藕粉，裝載於三輪柴油車，穿越數條田間小路，運到台一線路邊叫賣。這一帶的菱角攤位，兼賣其他次經濟農家收成作物，由曾文溪南擺到曾文溪北，連綿數公里之遙，成日炊煙裊裊，叫賣聲此起彼落。據一起販賣的攤販轉述，如此的景象，差不多是光復後一直沿傳至今。只是目前在台一線賣菱角的攤位，曾文溪以南被劃為南科特定區，全數移到曾文溪以北販賣。

看西地區私有低窪地由種植甘蔗到改種水生作物，栽種、採收及販賣，三位一體的農耕經營模式，過程比過去種植甘蔗辛苦，這樣的種植行為，在較多的工序下，對其他私有地農戶而言，部分農村的閒置人力剛好可以利用。農業起家的臺灣，在那麼困苦的年代，超限利用農地與人力，挖空心思增加收入。如此不間斷的耕作，就是圖個溫飽。

## 亞洲蔬菜研究發展中心肩負承先啟後之責

自粉間事業結束後，南科這一帶的種植型態，都存在人力過剩問題。直到七〇年代亞洲蔬菜研究發展中心成立後，其六十公頃實驗農場有大量農務工需求，南科附近的農家，去亞洲蔬菜研究發展中心實驗農場做農務工，不僅可以讓自己的農地休耕養地，原南科農家土地超利用的窘迫，才獲得舒緩。

亞洲蔬菜研究發展中心成立之初，共有七個國家共同投資，當地人士都稱該機構為「七國仔」（以下稱七國仔）。七國仔成立之後，適逢世界缺糧危機，當時該機構農藝研究小組從改善植物病蟲害，利於農業環境生長到育成抗病菌作物秧苗等多面向調高農作物單位產量。當年七國仔農藝研究團隊，分成好幾個工作小組，其中一組由印度駐臺農業博士領銜，帶領目前旅居日本九州的西妙子等，處理農作物改良作業。

西妙子原名淑妙，係朝環掌上明珠，從小和父叔輩在農田打滾。農學院畢業後，進公所當農業課雇員，後來轉職到善化糖廠當檢驗員，七國仔成立後，應聘到該機構當農藝研究小組助理研究員。遠嫁日本後，冠上夫姓並改名為妙子，並在當地役所（鄉公所）從事農場改良生產的工作。西妙子從小到大一直和農業脫不了干係，而這次南科啟動開發作業，她特地從日本趕回來，協助父親處理相關事宜。

七國仔成立後的七〇年代，正值臺灣水稻及樹木熱枯死病蟲害肆虐。作物的熱枯死病害和紋枯病、縞葉枯病同屬相同病毒株，都是由農田附近的行道樹傳染所致，尤其以水稻受害最嚴重。受到熱病蟲害的稻田，成株後的稻子呈紡錘形的焦枯狀，下田的農民根本不敢點香煙，擔心煙灰的星火，不小心可能引發火原燃燒稻田。這或許是誇飾之詞，但隱於無奈背後正代表植物熱病害的嚴重性。

七國仔研究植物熱病蟲小組探討評估之後，農田熱病蟲害或紋枯病、縞葉枯病的孢子有高處往四處及低處擴散的感染力，鄰近行道樹的鳳凰花木正是感染源。七國仔團隊防治方向從鄰近鳳凰木噴灑藥品，焚火炭化樹木生病處，刨除生病的枝幹、清蟲蟻，打釘，上膠膜，最後灌漿埋氧氣筒。對抗熱病蟲害對外防治過程到此處理告一段落。西妙子的研究團隊咸認，只要阻斷樹木對熱病蟲害，植物熱病害由制高點往低處傳播的誘因就消滅了，基本上作物的熱病蟲害的處理就能在可控制的範圍。

找到稻熱病發病原因並作初步處理，七國仔研究處理小組，採用多元漸進的方法，抑制稻熱病是刻不容緩的事。在稻作田間管理部分，先從氮肥減量、輕劑量用藥及引水灌溉等三方向處理稻熱病。氮肥減量可以讓稻胍葉不致長得太茂密，導致稻株間無通氣與散熱的距離；往往稻熱病最常於抽穗時得病，輕劑量的用藥，讓結穗的稻穀，不致讓熱病蟲害肆虐，導致稻作結穗率降低；引水灌溉則可降低稻田溫度，減低誘發稻熱病等的潛在因素。

七國仔研究團隊除了防治水稻病蟲害，同時進行的還有除稻田的水草。水稻田衍生各式各樣的水草，絕對是水稻田最煩瑣的田間管理項目及阻礙稻穀產量的關鍵因素。如果放過蔓生的稻草，它會搶掉稻田養分，讓稻穗結稻率降低。對於水稻草處理，七國仔的農藝研究小組從根源做起，在稻子收割後的下一季栽種前先灌溉，讓田間保水三至五天，並灑下微量的藥劑，藉著保水措施，徹底根除雜草草根等，之後再將水排掉，開始整地種植。

水稻秧苗播種完成，第一次施肥時，再加入酌量的除草粒劑，避免稻草蔓生，如此從整地前到完成插秧就開始防治水稻田的稻草，有效降低稻草衍生，且一般水稻田從插秧後到抽穗前，又有三至四次的除水草工作。防治水稻病蟲害及除水草的田間管理多元管道落實後，使水稻單位產量從原本一分地十割不到的收成（一割一百台斤），逐年穩定增加到每分地有二十割以上的收成。

稻米單位收成量呈倍數成長，不僅大大改善原南科一帶農民的經濟，且國內政府農政單位，也將七國仔國際農業專業人員引進的水稻新種植技術，推廣到全國各地。國內水稻種植技術提升，讓國內水稻種植農民，經歷了種植水稻收入，就可以讓一家溫飽的成就，顛覆過往種植水稻的農民，得靠農暇時，外出打工才能維持一家經濟的平衡。

水稻收穫產值提升後，七國仔農藝研究團隊發現南科一帶農家種植的木瓜和芒果相繼得到炭疽病、蒂腐病。發現到是這種俗稱「狂株」的病毒所致，病毒經由有翅蚜蟲迅速傳播，其病徵是心葉黃化縮小甚至乾枯，果樹結果時，果實出現圓形或橢圓形輪紋。果實變小，並由蒂頭爛起。病毒經過傳播感染，南臺灣的果樹幾乎都被狂株病毒感染。

當時面對「狂株」病毒，除了定期使用噴藥防治，但臺灣常常下雨，濕度很高，病害很容易復生。七國仔研究處理小組除安全用藥，並媒介昆蟲防治，效果也不佳，最後只能靠網室杜絕有翅蚜蟲傳播「狂株」病毒。七國仔病蟲害防治研究團隊靠搭溫室棚架防治果樹類的狂株病毒，卻發現在溫室培育嫁接的砧木苗與接穗苗，不僅能穩定作物生長，亦能防止嫁接幼苗的病蟲害感染，提高嫁接後的成功率。

從此，七國仔研究團隊，將原本都在露天農場培育嫁接苗木，連「剪莖、削莖、疏葉、切面、接合、套管、束袋」等七道標準嫁接程序，全都移到室內進行，待溫室的植株初步長成後再移植室外生長。如此依循作物的生長圖譜，索引出成長要徑，不管是怎麼樣的生長條件，西妙子決定按圖索驥，將溫室嫁接這套生長循環，拓展到各戶農家，讓作物生長呈現多元化的生命現象。

七國仔溫室棚架內的蔬果改良及嫁接成果，有國際農業研究團隊厚實的專業能力當後盾，讓南科一帶農家享受農業精進的果實。只要七國仔有新的研究成果，鄰近的農家必先接收最先進的栽種技術。這些新研究成果最先在南科農戶推廣的青椒和辣椒的雜交，這兩種作物，在溫室棚內雜交而成甜椒，去掉了原本青椒辛辣的味道。

接著在溫室內由茄子當砧木嫁接黑柿蕃茄，這類嫁接後的黑柿蕃茄不僅可以防治青枯病，亦提高黑柿蕃茄的甜度；另外，七國仔研究團隊亦將胡蘿蔔葉片抽出液，再混合燕麥抽出液，培養抗綠豆葉斑病菌種原，當綠豆抗病毒種子研發成功後，不僅臺灣農戶可以使用，該種子亦在其他國家種植使用時，獲得高評價。

而七國仔的農業專業，更在種原（germplasm）育種培育時，見到七國仔專業人員對農業精進的貢獻。他們先進行種原篩選，從優生遺傳概念，對種子育成、延續、重組、保存，不斷的研究測試，培育出最好的品種。這些研究結果，一樣先提供給南科一帶的農民使用。七國仔國際農業專家，在選種培育的作業中，長期納入當地環境參數，錯開同類作物盛產的尖峰期，讓同一類的農作物，不會在同期生產過剩，導致賤價傷農。

南科這一帶的農業背景，從粉間種番薯，直至粉間沒落，紛紛結束營業。看似沒有出路又沒落的農家，直到七國仔在這裡設址研究農業，設立實習農場，表面上好像消化掉不少閒置的勞力，實質上卻是展現七國仔精實的研究成果，不僅提升這一帶農業產值，未來在南科設立後，七國仔研究成果亦可分享給高科技廠家。

## 南科農家由三農到三生

朝環家族三十餘公頃的田地，受七國仔先進的研究成果，是最大受益者，那時候朝環家族，有一房從事冬瓜及西瓜種植，結出的冬瓜果實頂多十來斤；西瓜卻是多籽且甜度不足。經過七國仔農藝團隊的指導，進行加強版的嫁接。加強版的嫁接，從嚴選種原開始在溫室苗圃內培育嫁接的砧木端及接穗端苗木。

代接穗端苗長成約六十公分高，需裁剪冬瓜及西瓜的幼苗莖條，再將莖條的葉子去除，只留下莖條頂端兩片葉子，莖條自芽點處剖開（削面），插入嫁接的砧木端。西瓜和冬瓜嫁接的接合處以套管覆裹，最後以塑膠袋套住莖條頂，這樣的嫁接結果，接穗端的冬瓜及西瓜莖條更可以快速得到砧木端完整的營養供給，長出的冬瓜果實碩大又健康，一顆有時重達上百斤，收成的重量直接翻倍，收益也呈現倍數增加；西瓜也以如此的嫁接方式，長成的西瓜甜度足，西瓜籽變少，嘗起來有著「沙囊般」的好口感。

朝環家族原來種的多子西瓜，七國仔農藝專業人員輔導其進行專業採籽，將種子保存、冷藏，成為另類簡易的種原。西瓜種子雖經過乾燥過程，但它還是屬於活的有機體，會呼吸、成長與死亡。種子經由低溫及低濕之環境進行種子之保存，並依照初級種原特性定期在溫室繁殖，以換種子及組織培養的概念，讓種子不斷經歷生長循環，萃取出最佳種原。

七國仔專業人員將新培育出的西瓜種子分類，短時間進行播種栽植，那就不用放冷藏。如要做長期保存，種子包裝後置於密封罐之中，再置低溫儲藏。從冷藏室拿出種子後，須將密封罐置室溫下若干時間，俟種子回溫後才能打開取出，否則種子易吸水氣。栽種時拿取所需種子數量，馬上密封裝罐放回冷藏室，防止種子變質。

七國仔技術指導許多農家，找出作物生命歷經播種、抽芽、融合共生及開花結果的每一個成長階段，它所形成的成長紋理與生長要徑，作物從埋下種子的那一刻起，多少的日照、水分、用藥或肥料等……都有定數，只是七國仔農藝研究團隊，將農業科學化，展現作物交錯叢生到碩果累累，擺脫以前農家看天吃飯的宿命。

南科這一帶農戶，爬梳過的繁複變化，他們不管從事何種工作，一生都與這塊土地緊密連結。朝環也跟風和這一帶農民多元種植。直到南科成立後，他與生技公司契作，將收成的作物，讓生技公司研製高附加價值產品。朝環的工作幾乎與農業疊加在一起，他長長的一生，係以農業串成一部有興衰與惋惜記憶的小傳記。

南科這一代傳統農業，沿著時代巨輪轉動，當時農政方向及農業技術，以二十年到三十年為一基期大躍進。從光復後五〇年代起「三農」（農業、農民、農村）臺灣農業的發展，力求自給自足的農村型態；七〇年代後期起「三生」（生產、生活、生態）臺灣農業靠著國際農業機構（七國仔）支援，推動農業生產結構的提升；直到西元二〇〇〇年代起「三精」（精實、精進、精緻）農業與高科技結合，不斷精益求精的改良與研發，創造了臺灣農業科技化。

七〇年代起南科一帶的粉間工廠及種植甘蔗，陸續走入歷史。那個時期農民與農地相互結合的一呼一吸，陪著不同作物歷經播種到收成，過程雖然刻板單調，但整體農業模式存在一種質樸的氛圍。

當七國仔進駐，帶來農業新的思維與新面貌，不僅脫離農業經營本身的盈虧，七國仔帶給農民多元及精緻的農作觀念，與時俱進地展演農業跳躍式的進步，這個時期，農業加值型態已悄然萌芽。且到了二〇〇〇年南科運作已見成熟，農業發展已和高科技同步結合，農業生產結合遠端監控進行農業大數據分析，成長照拂都以科技方法輔助農業發展。

朝環經歷臺灣農業從三農、三生到三精的階段改變與調整，如同從生活回憶的揀選中，見證一場披沙揀金的造境過程。從粉間加工、七國仔成立及南科開發運作，藉由朝環的解說，我已了然於胸。而南科一帶在粉間以前的生活，又是以何種面貌呈現，關乎我垂直串起南科一帶發展軸線，凡役必與的朝環，建議我朝考古出土的文物去推敲，串接南科發展前後軸線。

## 南科多元的考古遺跡

南科開發前，環境影響評估先行啟動，而在實施環境影響評估調查作業中，即有相關考古遺跡及相關文物的出土、被發現，致使整個南科的開發行為，變成環境影響評估及考古遺跡擴大調查等雙軸線同時進行。

南科計畫區進行考古調查時，層層鋪疊方式埋入地底下的歷史文物，考古學家相繼挖掘出那些被時光封印的舊時代遺址物件。考古的殊勝，就是藉開挖之實，將地層下的文物，剝落它的遮掩，使蟄伏隱藏歷史的過去，重新來到我們眼前，讓後輩不再以抽象去架構過去生命的價值，而是能以科學比對方法，客觀揭開過去一段段的歷史風景，並將南科自史前時代到現今的生活文化完整還原。

南科遺址考古形成的歷史及文化，係一種生生不息的水土與風景，每一樣出土的文物，都是上一代、上上一代……的風景。為了那一段段被遺忘的景致，南科長達二十多年的考古發掘工作，總共有二十多處遺址現蹤，直到六年前臺灣史前文化博物館南科考古館成立，南科考古工作才告一段落。考古像在濃霧中行走，從疊影交錯中，尋找光源的出口，縱使一身的老黑，歷史與文化的積餘，其實都飽含著生命力，讓出土的遺址文物，產生一種歷史座標的回溯，一起與當地的居民追昔撫今，形成另類的慎終追遠。

南科二十多處遺址全面開挖時，朝環退休不久，全程參與南科考古作業。在所有的出土文物中，屬南關里遺址的出土物件最豐富及齊全。南關里遺址隱於地層下，演繹南科居民長時間在此生活的文化潛流，從南關里遺址找回貫穿南科古今文化背景的那條軸線。而南關里遺址位於南科計畫區東北側，離朝環老家僅一公里之遙，我們決定去實地搜尋南關里遺址的鱗爪。

我們出了朝環家，一行人一樣從大順六路往北走，路的左邊，目前是南科新開發的L及M區的住宅開發基地。基地天空不時有空拍機繞飛。朝環指著天空上面的空拍機，係他侄、孫輩領完一大筆補償費，索性將工作辭了，整天開著車在南科繞轉，搜尋哪裡還有地、有房子可買。後來他們怕掛萬漏一，遂組了一組同好買空拍機，成日在南科一帶操作空拍機，只要看到哪塊地、哪間屋掛牌出售，他們就追著賣主跑，一副沒有買成，誓不罷休的模樣。

過了「飄著錢味」的L及M區段徵收區，視野倏地轉變成胡麻田綠光粼粼的景象，遠處看胡麻葉梢上綻滿了點點的白色小花，就像螢火蟲提著小燈籠停佇。藍天下映著這一片綠海，常令到園區上班的人，駐足欣賞這田園美景。朝環此時興致勃勃說起，善化是胡麻的故鄉，他的叔叔就是製作胡麻買賣及胡麻油事業。

朝環記得小時候，每逢秋末胡麻採收季節，他的叔叔趕著牛車（後期開貨車），腰纏滿滿的百元大鈔，在善化一帶收購黑胡麻。收購後的黑胡麻，部分銷售給糕餅業者製作胡麻醬，或是糕餅的添加物。而大部分的胡麻都留供製作胡麻油，當時善化一帶已有所謂製造胡麻油、花生油的半機械化的油車間，不管是冷壓法、萃取法，製油技術都很進步。

朝環的叔叔卻很傳統，採用完全人工的榨油法，他認為傳統人工榨油是「越簡單，卻越不簡單」的技藝。叔叔的製油間，鐵皮屋骨架，屋身使用竹片編造，屋頂再以甘蔗葉覆頂。製油的地方，平行地面吊掛長約八公尺，圓周直徑約為一百二十公分的大原木，原木前緣，有一處長寬厚皆三十公分的屢空處，這處正方形的縷空處，係將炒好的胡麻裝袋，塞進再以三十公分正方形鋼板，放在裝有胡麻袋子的前面。

在吊掛原木對面，以雙條麻繩，吊掛一支直徑約二十五至三十公分的活動小原木。小原木吊掛起來的高度，應與原木前緣屢空處齊高。最有趣的是進行榨油時，活動小原木兩旁各站朝環的叔叔及他的徒弟，雙人各握一條麻繩，兩個人身體各成微彎狀，雙人齊喊口號：「左一、左二，碰～右一、右二，碰。」當他們喊出左一、左二時，第三下再將活動小原木拉正，加速搗「碰」在鋼板上，左邊完成後，活動小原木拉回右邊，也在右一、右二，碰的循環中鋼板與原木相互抵抗的力量榨油。

榨胡麻油時，大抵上都是以空麵粉袋內裝炒過的胡麻，一袋大概裝進一斗（十一點五斤）胡麻，當原木前緣屢空處底下接的油管，滴出超過兩斤的胡麻油，朝環的叔叔及他的徒弟會加快榨油速度，趁勢將胡麻最後一滴油脂擠出來。往往一斗胡麻經過人工壓榨，大概能產出兩斤多一點的胡麻油。

沿途胡麻田盎然的綠意，朝環跟我們講述了炸胡麻油的故事，再往前走時，偶爾坐落幾間別墅型的農舍，朝環述說這幾戶人家早先也是經營粉間，退休自蓋豪華農舍養老。恰恰有一間在路邊敞開房門，我探進一望，一對老夫妻凝滯對望，孤獨在內展放日子，陪伴他們的是茶几上的收音機，反覆播放「志明」販賣各種保健成藥，屋內飄著濃濃的成藥味。我心不免被抽緊，年輕時為家庭及工作賣命，到老時倦眼回眸自己被光陰遮蔽的曾經，才發現那是無處發聲的辛酸與空寂，只能以地下電台及滿屋的成藥為慰藉。

往南關里遺址途中，朝環也不斷介紹這一帶曾經的民情風俗。沿途被切換的景物，此時南科的新與農業區串接的時間歷史軸，我們停駐在善化戶政事務所。戶政事務所前的復興路隔開善化鎮內和南科（以前的農業區）。這地方在半世紀前，荒塚一片，現在已被機關用地及新蓋的樓房遮覆以前的墓地。

善化戶政事務所的地理位置，位於大南科的樞紐位置，它目前位處南關里遺址一隅。若以善化戶政事務所為圖根中心點，向四面八方放射出去的線條，正可出現古今相對照的座標位置。善化戶政事務所以北（對面）是善化舊牛墟；以東是南科新開發社區；以西三抱竹地區是南科半導體的群聚地點；以南是善化傳統農業區。

早期這地區以牛耕作，牛墟市集適時提供牛隻、耕具等買賣；而三抱竹係以竹子製作牛軛而得名，且南關里遺址一帶，亦是以前粉間聚落最密集的地方。粉間、牛墟、善化聚落、殯葬地點，因地理位置相鄰，四位一體緊密結合，當南關里遺址文物相繼出土時，以前環環相扣的生活型態，藉助考古作業，正為南科考古解開過去的生活面紗，也為南科串接出一道發展的軸線。

這四位一體的發展軸線，照拂這地區長久以來的生活型態，站在善化戶政事務所現址前面的復興路，朝西方向視野倏地由作物的綠轉成建築的灰白色；那是盎然綠意與一棟棟建築，大方展演這地區在時代推移下的改變。雖然農業區無盡的綠，頗能契合這地區一以貫之記憶中的色調，但緊鄰在農業區旁側的綠意是一棟棟透天厝覆蓋的舊牛墟，這地區發展的滄海桑田，還得藉由考古還原其真。

當大夥陷於時代發展的迷陣中，朝環指出我們所站的位置正是南關里遺址範圍內，該遺址為開挖前，是繞著牛墟堆疊它的文化歷史厚度。朝環形容善化舊牛墟肩負的不只是牛隻的買賣，還包括當時農業社會所有的食衣住行。當時善化舊牛墟共分三個區塊，有露天的牛隻交易場；有以蔗葉為頂棚的農業用具及日用品販賣場地；還有以竹編簡易屋販賣熱食或冷飲。

善化舊牛墟的發展，相關文獻記載至少有一百五十年以上。據朝環的說法是更早期時，農業耕種牛隻的買賣，就在善化戶政事務所附近的公有地進行，演變到後來，牛隻交易量大，政府單位為方便管理，才將牛墟喬遷到善化戶政事務所對面那一大片公有地。當時政府單位為管理專業牛販仔，能為買家仲介最好的牛隻，將當時南臺灣北港、鹽水及善化牛墟日錯開。這些走過農業時代的舊痕跡，距今沒有很遙遠，相關歷史紀錄，藉由地方耆老的拼湊，還是可以還原當時的時代背景。

但要具象的現蹤，還得由遺址考古的專業人員，以時間軸串接時代背景。考古人員開挖前，總得先為自己的猜疑，安上敬畏之心，擺上貢物祭拜後再開挖。據朝環回憶最初發現南關里遺址，係蓋善化戶政辦公處所，基地基礎開發時，發現部分遺址出土。當時開發的建商，先將開挖地現址封存，循序通報到文建會（文化部前身），接續再由考古人員進駐進行專業開挖。

南關里遺址最上位層出土為粉間磨粉器具、人及牛隻遺骸、牛車、犁具等物。且該遺址出土的文物，從近代到幾千年遠古時代，都有出土文物。且因為出土文物眾多，部分先送進私人企業提供的暫置場地存放，待史前文化博物館——南科考古館成立後再搬進該館展示；部分遺址文物在善化舊牛墟他遷後，政府單位在原地設立牛墟遺址公園，將部分南關里遺址文物擺放在牛墟遺址公園展示，供人觀賞追憶。

考古人員從南關里遺址最先開挖出來的文物，還原當時這一帶農民的生活概況，實景跟朝環口述相去不遠。考古工作人員再往下位層開挖，南關里遺址滄海桑田的變化，可從人類或動物骨骸、植物種類、農耕器具或生活使用陶器等「見物又見人」的重建方式還原南科更早年代的生活方式。

南關里遺址挖至早期農作物的部分，經過考古學家還原，諸如種實、孢粉及植物矽酸體的碳化物等，曾經在這裡貫穿出幾千年前的DNA。考古學家逐項分類出稻米、小米、玉米、豆類、薏苡（仁）、胡麻、破布子及苦楝等種植品項。南關里遺址內出土的農作物，除了小米及薏苡不在目前農家的種植範圍內，距今三千五百年前到目前的種植行為，大部分的農業種植行為皆一脈相承。

若以時間軸看待南關里遺址出土的橄欖石刀、鐵器及儲藏用的紅褐色陶器，由地底出土位層排序為：「石刀使用在鐵器之前；鐵器使用應在陶器之前。」但經過與南科其他遺址出土文物交叉比對後，這三種出土文物，曾在同位層相互出現使用過。這也代表看待考古出土文物，除了以垂直年代，判斷出土年分，橫向連結比對後，更能精準由拼湊出土文物，還原當時的生活模式。

而且橄欖石刀與農作物遺留物，一起在其他遺址同位層現蹤後，考古學家才顛覆石刀不是生活使用器具，它是在作為農作物收成時，半割半拔的農業收割器具。而鐵器不只在農耕中使用，也在家庭生活使用。這些器具創造當時生活的便利性，加上出土的儲藏用的紅褐色陶器極為碩大，代表當時農糧生產量增加。

朝環經營粉間時，使用的相關鐵器或容器，亦曾在南關里遺址出土。根據這些出土文物的位層，可以回溯好幾個世紀前。亦即，這一帶的粉間加工廠，可能早在數百年前就已存在，可惜這些出土文物沒有併在其他出土文物，進行包覆運送、清整觀察、拍攝繪圖到執行重建，以致南科這一帶的粉間，最早成立的時間點，便無從考究。

遺址考古作業，像面鏡子，照面時，總帶些忐忑，重建過程中無法鉅細靡遺將每個物件完整還原。這些無法回溯的出土文物。彷彿像氬氧焊接機，在熔焊走水兩段金屬，無法透過火的正確指引而相熔，最終無法將物件完美呈現。嚴格說來，考古作業係一串時空連結的大工程。換個角度看待，考古也像是掠取早期或遠古時的歷史紀錄。這樣的林林總總，有時是織錦、有時也是縫補傷痛，所得到的結果都是一段段撫思。

南科歷史文化的一脈相承，二十多處遺址，繞行該地區數千年，遺址考古成了闡明南科歷史文化的工具，不管是微觀或俯瞰南科這一帶的演進，經過千古歲月的堆疊，驗印了農民長久在這一帶的生活已超過數千年之久，且都一直以農業生活型態呈現。直到南科籌備處成立後，接踵要辦理土地徵收及基礎工程開發運作後，這地區才完全擺脫以前農耕型態。曾經一脈相承在這裡生活的農民，過往生活的風景，將被徹底換頁。

## 啟動南科徵收作業

南科實體開發約八百多公頃，跨越善化、新市及安定三個鄉鎮行政區。輔以外圍數條連外道路的基礎建設，總開發面積約為一千公頃左右，其中交夾著幾百戶的農舍，將被徵收成為高科技園區。如此大面積土地將被徵收，牽動地區生活層面的巨大變化。

世居在此的農戶，從童蒙、青春、壯年到遲暮，都將折疊成無法縫補的記憶。這種生活軸線的延伸與變化，面對過去既成的農業文化，史實將為它記上豐厚的一筆。未來嶄新的一切，擬將形成新的生活文化，若不妥善處理被徵收戶的生活權及居住權，若干年後，歷史將會為我輩記上拙劣。

南科徵收啟動，朝環已自善化糖廠退休數年，賦閒的他恰恰可以和日本趕回來的西妙子替被徵收戶爭取應有的權益。當時朝環和西妙子力主大南科開發及發展軸線，應該延伸成高科技廠家一聚落、農業種植一聚落、居住地又另一聚落，三者相輔相成，形成一種互不干擾的生活模式。他們努力奔走，讓大部分被徵收戶，以另一種群聚方式得到最優質的生活處所。

南科被徵收戶，跟這塊土地一起成長，都與這塊土地的生命文化連結，形成割捨不掉的情感，原先在這一帶生活的農家，在陌生的另一地重啟，這個原則下的居住正義需被顧及。西妙子自徵收說明會開始後，她就積極奔走陳情讓被徵收農戶能有優質的安身地點。遂要求政府鬆綁法規，讓以前一起耕種的農戶喬遷至新的居住地後仍能生活在一起。

第一場徵收說明會時，就有土地所有權人提出「遷村併安置」的計畫構想。提出該構想的土地所有權人，係以鄰近急水溪學甲鎮二港仔村落遷村為例，其居住的村落及耕作的土地被徵收後，政府及相關單位需在另外地區覓得土地，進行都市計畫變更程序，將土地變更為住宅區後，政府再依法辦理後續的籌建事宜，讓被徵收戶可以換個地方住在一起。

對於部分被徵收戶提出遷村併安置計畫訴求，南科籌備處等相關單位咸認，被徵收戶所得土地補償價金、建物及農林作物補償費已相當優渥，補償費已可以做相當的置產，這一部分公務單位就不主動介入。且原來定居在南科特定區範圍內的住戶，跨越好幾個鄉鎮鄰里，若要採取集體遷村的方式，光是行政作業的協調曠日廢時，定會影響到南科建置時程。

公務部門為迅即完成徵收作業，否定了被徵收戶提出的遷村併安置計畫，他們希望循一般徵收的方式，徵收南科土地，亦即以土地公告現值加四成的標準辦理徵收。可問題是原來居住在南科一帶的居民，土地和房子被徵收，等於沒收他們的生活方式及居住地，程序正義沒被顧及，當然不可能同意以一般徵收方式讓政府徵收。

到了第二場南科徵收公聽會，西妙子呼籲政府在居住權的部分，若無法辦理遷村併安置計畫，絕對不能放任被徵收戶自己去覓尋新的居住地。政府單位應出面協調取得土地，採農村集中住宅的方式處理。西妙子提出這項新建議案，公聽會現場幾個公務單位，面面相覷後口耳交談一陣後，答應西妙子及被徵收戶將集村農舍的想法帶回去研究。

當地居民以程序正義，不願政府單位採用一般徵收方式，剝奪他們的居住權；而政府單位又不願意居民提出的遷村併安置計畫，兩造卡關後，又互不相讓，南科土地徵收作業被卡到第二場南科徵收公聽會，西妙子提出集村農舍的概念，徵收作業才露出進行的曙光。

「遷村併安置計畫」與「集村農舍」的兩項作法，本質看似相同，但這裡頭存在相當大的差異。遷村併安置計畫全程由政府經手，程序上政府不僅要幫被徵收戶覓地，循序變更都市計畫，將其土地使用分區變更為「住宅區」。都市計畫完成變更後，還得公告土地標售程序，讓遷村併安置人員按程序取得土地；然後再公開上網甄選籌建建築師及委外招商等等作業，不僅程序繁瑣，最主要是會拖到南科建置時程。

西妙子提出的集村農舍概念，除了政府鬆綁法規，協助覓地程序相同外，籌建等其他程序等作業，都由被徵收戶一手發落，實質上不會延遲南科建置時程，方法比較能被南科籌備處及相關政府單位接受。且南科徵收範圍遼闊，生活背景及文化不同，集村農舍的做法，住戶可以自尋同村落，或是交好的住戶住在一起，排除生活居住融合問題。

集村農舍的概念，稱得上是改良版的遷村併安置計畫。政府單位在第三場公聽會正式同意以「集村農舍」方式安置部分原南科範圍內住戶。當時的善化鎮公所、新市鄉公所、安定鄉公所及原臺南縣政府，協請台糖公司釋出鄰近南科範圍外的農場土地，出租、讓售給被徵收業主耕作及居住。

在中央建管單位特例考量鬆綁法規，顛覆以前興建農舍需要至少零點二五公頃的農地，在同筆土地內興建不超過該塊土地百分之十面積的農舍。政府鬆綁法規後，容許這些被徵收戶可以合併不同地點的農地，只要合併後的農地面積超過零點二五公頃，可以在另一地點申請集中合建農舍。

而集村農舍有集中居住又不限制住戶，且不拘人數多寡，都可申請合蓋。最重要的是土地不必經過都市計畫變更程序變為「住宅區」，就可自行成立籌建委員會辦理集體居住。西妙子提出耕地與住家分開的集村農舍的概念，可說為南科徵收期程往前推進一大步。

政府協助取得台糖土地，讓售或出租給南科被徵收戶，興建集村農舍住宅。大夥集資成立籌建集村農舍委員會，從建築師評選、申請建築、建材選取、建築空間規劃等等，每一環扣都經過大夥開會討論再定案。期間，西妙子帶大家到七國仔參觀員工宿舍，那些蓋給國外農業專家及家眷的宿舍，只有二層建築的宿舍，有著美侖美奐別墅的硬體建築，有別傳統農舍的形態。

原南科被徵收戶，嚮往建成之後的集村農舍，有七國仔宿舍外型的新潮。建築師也從善如流，將集村農舍設計成兩樓半挑高，前庭有車庫、還有庭院，前庭延伸至後院，成了一種綠廊道建築的概念。這種有歐美農舍的素雅，又有傳統別墅的質感，更有以往農村的氛圍，蓋好後的集村農舍住宅，頗受各界好評。

竣工後的集村農舍顛覆以前農舍的刻板印象，集村農舍安置部分的徵收戶，改變了傳統農業居住型態，帶給地方嶄新的面貌。其他之前不同意以集村農舍的被徵收戶興建集體住宅，看見有些被徵收戶住進典雅的集村農舍住宅趨之若鶩，亦陳情爭取籌建集村農舍，但集村農舍法規鬆綁設有落日條款，這些爭取的農戶，已超過法規容許申請的時效。

## 進行南科地上物查估作業

南科建置程序，一個步驟接一個步驟進行到地上物查估，政府單位明定查估補償作業標準，公務單位只要依法行政，照著該查估標準SOP程序進行即可。徵收範圍內部分居民卻拿查估補償標準價款高低差，取巧鑽法規漏洞進行搶種，讓地方政府查估人員防不勝防。

這些私有地業主，明白在公告徵收到實際辦理地上物查估這段行政作業空窗期，種植高經濟作物，可以獲取更高的地上物補償費。這種搶種高經濟作物行為，政府有相關處罰機制，但部分私有地業主，抓準行政作業時間差，賭它一把的投機心態，從中取巧獲取高額地上物補償金。

搶種行為，一時在私有地業主間傳開來，一些農戶原先栽種水稻，到了公告徵收後，他們搶種劍蘭、夜來香等高經濟花卉作物，這兩者地上物的價差約為十倍；

水耕作物部分，原先單純種菱角、茭白筍或荷花的農戶，亦放養高單價魚苗、蝦苗，地上物查估現場，可謂是亂成一團。

辦理地上物查估的地上改良物（建物）及農林作物面積超過一千公頃，第一線查估人員，由原臺南縣政府專責人員領銜，跨越三個鄉鎮行政區，現場查估權利人黑壓壓一片。人多口舌雜，何況又涉及實質利益，現場查估狀況多到難以控制。像搶種劍蘭、夜來香等高經濟價值作物的農戶，查估人員核對公告徵收前的航照圖與過往栽種品項不符，當然無法登載列冊發放補償費。這些搶種的農戶，已投入育種及栽種費用，弄得血本無歸。

查估的亂象不止如此，還有部分農戶，已領休耕補助，公所農業課對休耕補助都有列冊管理，他們卻還無知跟風搶種，這些搶種的農戶得知搶種的作物無法被發放補償費，串聯群起抗議不讓政府徵收。這群人違法在先，卻還執意跟政府叫板，第一線地上物查估人員拿出傳統資料證明，然而這些搶種的業主，還無知到要退還休耕補助金額，改領高單價作物補償金。

查估人員除了向農戶法治宣導，更向搶種的業主說明，作物的生長是有群聚性，種稻與種花卉的地方，會因不同作物病毒相互感染。例如像稻熱病毒株與劍蘭、夜來香這些嬌生花種是會交互感染，且田間花卉比其他作物更易染病，傳統作法上，為方便管理，國內花卉栽種都成立栽種專區。

而且栽種花卉為趕在特定重大節日前收成，夜晚以燈光照明催生或調整開花期，這種逆環境的催生，絕對會影響鄰近作物的生長期，像稻子若受過多的光照就不易抽穗。地上物查估人員，向業主訴諸搶種的行為，無法以農業科學方法自圓其說，部分業主態度才軟化。

在這波搶種風潮中，做園藝盆景栽種的西妙子堂弟，也跟風訛騙第一線查估人員。西妙子堂弟及一些園藝盆景業者，將原來栽種在盆景內的植物，在公告地上物徵收時，移到地上栽種。這樣的差別，在於種在盆景內的植物，領的是遷移補償費，種在地上的植物，領的是作物補償費，兩者補償金差額有數倍之多。

家族內移植園藝盆景，訛騙高額作物補償費的行徑，以為可以瞞天過海，遂行領取高額的地上物補償費目的。但西妙子堂弟「偷吃卻不知擦嘴」，往往園藝盆景賣出前，為使賣出的品項有新鮮度的亮點，會噴灑快速亮葉劑，然而移植在土地上盆景作物，卻有部分植栽的葉子呈現光亮般的綠色，這樣違反生長法則的種植行為，現場第一線查估人員發覺有異。

現場查估人員從地上拔取一株植栽，向業主提出作物根系生長科學數據：「盆景內的園藝植物根系長度，受限於器皿大小與形狀，生成的根系大抵上以鬚根居多。相同的植物，若在土地長成，植物的根系深入土層定根，其分櫱的根系，都是非鬚根，才能在土層絞繞纏生吸收土層養分，形成一種抓地力極佳的根系補強。

而這樣的根系補強，剛好科學證明，那些園藝植栽是最近才移植到田裡的植栽。只要是有經驗的查估人員，可以從植栽的外表看出端倪。」

查估人員再拿出同樹種資料，種在土地根系的照片都是實根為例，查估人員又以農業科學證明，讓業主信服之外，亦舉出因搶種被司法起訴的實例，業主面面相覷對自己取巧行為，被拆穿而啞口無言。

南科地上物查估，現地第一線查估人員不僅僅以農業科學專業反證，部分業主搶種的行徑不符作物一貫生長準則；整個地上物查估過程，讓那些搶種的業主知難而退。整個查估過程，除了第一線現場查估人員的專業判斷，相關單位提供歷年來的空拍照片及相關資料佐證，給第一線查估人員核實，都是讓搶種業主態度軟化的關鍵證據。現場查估能守住專業，按照政府頒訂的查估標準處理，沒有陷入「不患寡而患不均」的泥淖，亦是地上物查估作業能順利完成的主因。

地上物查估告一段落後，整個徵收作業大抵上算完成，接下來的工作聚焦在南科特定區的開發。任何一種開發建設行為，都是生活環境的改變，這種告別以往的生活型態，就在南科特定區計畫核定後，已在點滴中形成改變。換個層面看待，當南科完成徵收、安置及地上物查估後，開發建設彷彿是上了弓弦的箭，不得不發。原南科所有田園風景，隨著南科開發建設啟動後，全被吞噬在時代科技大纛內。

## 啟動南科開發作業

開發建設雖然經緯萬端，從九〇年代南科計畫核定時，外圍的曾文溪及鹽水溪即啟動河川整治作業；徵收及查估作業時，外圍的連外道路，政府單位陸續開始辦理；待徵收及查估作業完成時，計畫區內的水、電、道路闢建、滯洪設施及開發基地墊高等工程接續辦理。

整體南科開發基地內除了善化三抱竹地區的半導體聚落地勢較高外，八百多公頃的基地範圍在開發前，大都位處低窪地，防洪排水工作，成為基礎開發建設重中之重。加上南科範圍開發前為農業灌區，南科整體的防洪工法配置，除了須考慮計畫區的防洪、排水等相關匯集、疏導再循環的水利專業，有時更需顧及南科外圍農田灌溉及排水。

南科基礎開發團隊，事前會銜相關政府單位、台電、自來水等事業機關及被徵收業主，整合工作介面。在事前籌備會議議決南科將設十四座滯洪池，且將滯洪池挖取的土方，墊高開發基地地盤高度。南科除了滯洪池設置外，有水利專業背景的料雲在幾次基礎開發協調籌備會議提出：「增加南科基地入滲力及納採原水利會排水圳溝列入南科排水系統。」

料雲會提議增加南科開發基地入滲能力，除了在水利學理遲滯洪峰效果，最主要是南科低窪土地，因長期積水，地表土層已黏土化，下雨逕流入滲能力降低，開發單位如果沒有增加入滲的設施，洪水直接導入排水系統，較大洪水來時，會宣洩不及造成反噬漫淹。經過多次會議確認，南科計畫區基礎開發的水利設施，除了在原低窪地墊高地盤，原水耕農地，填土墊高同時增設透水層，加大滯洪池蓄水量及增加通水斷面等方式達到多重減洪功效。

料雲的的弟弟文添仔在水利會服務，長期在這一帶從事農田灌溉管理的工作，對於原計畫區內引水、導水、輸水、配水和排水等配置瞭若指掌，且南科設置後，緊鄰的農田灌溉，如何與南科計畫區搭接，將是很重要的課題，恰恰料雲與文添仔以在地人又具有水利專業，可以提供卓見給開發單位納參。

水利會的灌溉業務分為取水灌溉與農田排水，而建置後的南科計畫區有飲用水及排水兩個項目。新成立後的南科計畫區與原水利會業務面有排水重疊項目，料雲及文添仔建議開發單位，原水利會的排水溝可以與南科計畫區共用，而取水灌溉的水溝，水利會專案處理，除了南科有需用外，全數將位於南科計畫區的取水灌溉水路廢止。

文添仔對於南科計畫區內灌溉水路渠道的幹線、支分線、主給、小給等，該如何廢止，這是屬於水利會的經常業務，難不倒他；倒是計畫區內區分為大、中、小排水路，不僅要考量與滯洪池搭接匯流後，再引流排到曾文溪、鹽水溪。文添仔以其專業，協助開發單位串接水利會的排水，形成南科計畫區與外圍農田，有引水渠道、排水、滯洪池與外圍的中央管河川，這四種不同的水利設施，形成有活水流繞的基礎水利建設意向。

南科十四座滯洪池，原本開發單位全都集結在低窪的看西地區附近。開發單位對滯洪池的配置，係由計畫區內的各類型排水系統吸納洪水後，靠著地勢坡降，順利將滯留洪水，導入滯洪池，開發單位這項構思合乎水利學理，是可行方案，但他們沒有考慮廣大南科計畫區，全部的滯洪池都設在看西地區，瞬間大洪水若無法及時宣洩，恐釀更大的洪災。

而文添仔以水利專業另一角度，在開發會議中提出較周延具體的建議：「南科西拉雅大道係南科入口主幹道，四周倘若無滯洪池的配置，低窪地區地基墊高後，原來不淹水的主幹道恐有淹水之虞，而且主幹道附近亦設有完全中學與許多中央研究單位，為整體防洪考量，南科西拉雅大道附近確有配置滯洪池需要。」

文添仔的實質建議，經過開發單位通盤考量，考量到南科入口確實有設置滯洪池的必要性。開發單位敲定在西拉雅大道北側、南科完全中學後方設置坐駕滯洪池。文添仔知曉南科特定區若不在計畫區北側設置一座滯洪池，洪水會一路傾瀉到看西地區的滯洪池，增加洪水漫淹計畫區內的時間，嚴重影響南科特定區基礎開發建設的洪防效果。

南科看西及其鄰近地區，長期積水又種植水耕作物，地表土層已黏土化，下雨逕流入滲能力降低，南科開發團隊使用水工模型試驗方法，試驗南科開發基地入滲能力。入滲的水工模型試驗較簡單，只要在南科基地地點採樣，將計畫區黏土或液化黏土採回，厚鋪在水工模型內，再導入逕流水，觀察水分消失速度，即可明白土壤入滲能力多寡，再依試驗結果決定南科開發基地入滲工法。

水工模型試驗後，開發基地的入滲工法，配合南科開發單位墊高地基時，先將黏土刨起翻曬回填前，鋪上一層石礫層，覆上翻曬後的回填土後，再鋪第二層石礫層，疏濬的土方再覆於第二層石礫之上，最後地表植生。而最嚴重的土壤液化區，不僅有兩層石礫層、一層草皮外，還在草皮下方鋪上一層透水不織布，總共多項工序，增加南科計畫區地表入滲能力。

南科開發單位處理地表入滲，原以為只須處理地表面即可。但開發單位連地表與排水連接的入滲能力，都列入處理範圍。開發單位先在排水溝上緣鋪上一層延伸到排水溝底部的透水不織布，待一切就緒，排水溝表面砌石砌在不織布上方。這個做法是在地表逕流順利導入排水前，在地表與排水溝接縫處，還能維持一貫的入滲能力。

南科基礎建設的防洪系統建置脈絡，大抵上是從各條排水，匯進滯洪池，再將遲滯於滯洪池內的水，藉由導水路、排水路排到曾文溪及鹽水溪。當時在南科計畫區布設排水、導水系統及滯洪池施工。超過幾十個工地，宛如開早市般擾擾嚷嚷。微明天幕初起，工人雜遝於工地，放樣、打板、綁鋼筋、灌漿及測量……現場各路人馬、施工車輛、機具等，各安其位、各司其職，數以千計的工人在工地敲敲又打打，身體濕了又乾了，汗水和河水總是難分難捨。

南科基地開發項目，環環相扣，接通自來水是屬於後期開發工項，拜南科計畫區選址在原臺南縣，縣內有遠東第一大曾文水庫當後盾，且曾文水庫有人工鑿造的渠道，串流到烏山頭水庫，再經由南幹線接引烏山頭水庫，將南科用水，源源不絕輸送到自來水公司淨水廠，進行淨水、沉澱作業，再藉由自來水管路放流到南科。

淨化後的自來水要放流到南部科技園區，先架設大型管路跨越曾文溪，過了曾文溪再將露天管路，埋到地底下，輸送到南科計畫區內。這樣的使用水輸送方式，自來水跨越曾文溪時，仿照日據時期的渡槽，但渡槽是一種明渠的輸水方式，水質容易受到外來物汙染，而輸送到南科的飲用水，係以大型水管密封式穿越曾文溪，水質供給的穩定性更高。

當南科開發計畫最後一座滯洪池完工後，並命名為曼陀林湖時，一處劃時代大巨人正臥在原嘉南平原的土地上。南科綿密的水域網，那是開發單位將南科擘劃成一種活水流繞的建設意象。南科滯洪池全部建置完成後，打通南科基礎建設的任督二脈。佇立在曼陀林湖側時，有LED高科技公司、有遺址博物館及相關研發基地。而最大的亮點是藝術與科技的融合、科技再與生活結合，霎時，古農業與新科技，新舊之間，形成歷史與高科技交織，南科被新舊交織成劃時代的建設。

開發單位在滯洪池完工後，在滯洪池周遭導入別具亮點與深意的人文藝術品。像迎曦湖打造一座長四百四十公尺、高三十三公尺、寬十二公尺的黃絲舞彩帶迎賓的巨大藝術作品。該裝置藝術呈現的意象傳說紛紜，有一說是當時開挖滯洪池時，動了當地的龍脈穴，完工後得在湖邊東側設置一條舞動的黃色巨龍，繼續鎮守大南科。我不知道真假，但當地的農民說得繪聲繪影。

原看西地區（完工後為樹谷園區）內曼陀林湖為全國最美的滯洪池，兼具滯洪、生態、遊憩等多功能之景觀區。在不影響滯洪功能之情形下，人文與景觀綠美化結合，讓藝術、文化與自然景觀結合而成三合一的綠色園區。

曼陀林湖中央設置生態島（浮島），提供植物或飛鳥繁衍生存的生態保育環境。滯洪池周遭三大景觀區（風之谷、樹之谷、小太陽廣場）形成的地景雕塑意象，藝術大師林鴻文的「DNA的種因」以原始線條，爬梳南科遺址出土文物的曾經；鄭陽晟的「諾亞方舟」寓意這地區從傳統農業轉型到高科技產業，闡揚同舟共濟、浴火重生的意義；而雷恩「守護者」不言可喻，它永遠屹立在南科一隅，守護大家……。

倘佯在湖光水色的曼陀林湖，藍天鑲紅霓，千古鎏金倒影出一條湖岸棧道與踏台，棧道東邊銜接浮動碼頭供水上泛舟使用。曼陀林湖橋為鋼構景觀跨越橋，該橋連接滯洪池兩岸，橋面裝飾成木質鋪面，登橋的湖面風光，像是詩作中的康橋，這種異國人文景象，在原看西地區現蹤，除了讓陽光、雲彩及遊人歎詠，實質上南科的建置，在環境最差的看西地區，將南科建置成包含人文、科技、生態及景觀兼容並蓄的景致。

站在視野極佳的曼陀林湖橋上，幻想自己正以華麗身影貫穿這一地區的吉光片羽。以前台糖看西農場現址，朝環家族在這裡耕作的田地，搖身一變成為滯洪池及樹谷液晶專區的廠家。曼陀林湖現況與以前農耕的光景，有著極大的反差，站在橋面上的西妙子反應不來而陷入沉思。

我們在曼陀林湖橋上，轉身望向位在樹谷液晶專區的廠家，西妙子離開臺灣時，這地區還是水生作物種植區，汛期時，有時是汪洋一片。西妙子長嘆口氣：「真正是神奇，幾次的臺灣、日本來回，南科開發人員，將原來淹水地區變成高科技公司！」西妙子在驚歎聲中，為過去南科篳路藍縷開發過程做一總結。那是開發單位在那段辛苦悠遠歲月中，串接了南科最佳發展藍圖。

## 農業與南科生技廠家結合

我們一群由樹谷園區回程時，刻意繞小路回朝環家，那一家家做液晶顯示器的公司，都能在南科最易淹水的看西地區設廠投產，原先裹足不前的廠家，吃了定心丸，後續廠家紛紛設立並造成群聚效應。現代化的高科技廠房外型，輔以南科完整基礎建設呈現出挺拔交錯的街衢，路旁由草花、灌木及喬木形成複層植被，將南科開出盎然的綠意及姹紫嫣紅的繽紛；有些蔓生的花，攀開至路邊的矮牆，彷彿彩色的流蘇迤邐成一匹多彩的長繡緞，南科園區就在複層的花紅綠意中，堆疊出別樣的生命力。

過了朝環家前的產業道路，我們繼續步行到三舍路，這裡因有南科生技廠家群聚，湧入大量來往的車流、人流，有的到生技公司上班；有的在生技公司契作的農田工作。南科生技廠家坐落在南科北側。生技廠家隔著一條三舍路，就是傳統農業區。我們在一處小土地公廟的石凳休息，眼下南科外緣的農業區，搖身一變成為守護南科的母親。

這一切的變遷，就像土地公廟前金爐底下咧著嘴的狻猊（土地公廟前神獸），看盡南科發展的滄海桑田，一切都化成香燭上的裊裊輕煙，緩緩的在生技廠家與農田迴繞。當初生技廠家會在鄰近農業區旁設址，最主要的考量是生技廠家成品所需的基礎原料，大部分都是農作物的提煉物，生技廠家可以就近與鄰近的農家契作，減省不少經營成本。

土地公廟對面一大片絲瓜田，正是農家與生技公司契作的作物，且絲瓜棚架底下的田壟也有種蘆薈。這樣的種植行為，正是生技公司利用 AIot（人工智慧物聯網）進行農業生產及環境資料蒐集，結合遠端監控進行農業大數據分析，讓生技公司契作的農作物，數量、品質、成品達到一定品質以上，俾使生技廠家提煉出最佳萃取物。

朝環家也有兩筆土地，位在土地公廟對面，被生技公司契作絲瓜及蘆薈。西妙子順勢跟我們科普她的農業與生物專業，絲瓜及蘆薈生技公司收取後製成保養品（化妝水），兩種都是葫蘆科作物，含水量高，且包含一些維生素、礦物質與植物性果膠，萃取之後都是很好的保養品。且因為蘆薈的植物果膠成份比絲瓜高，生技公司在產品行銷方面，將絲瓜水當成初級保濕保養品與蘆薈搭配成一種互為使用組合商品，廣開銷路。

待過亞蔬的西妙子，對於南科生技公司的營運背景並不陌生，像他們跟南科外圍農戶契作的絲瓜及蘆薈，考量到農戶一塊地種植兩種作物，就有兩種收入，大家的契作意願會比較高。說穿了，生技公司明白喜陰性的蘆薈，上層有絲瓜架遮蔭，正好可以提供給蘆薈很好的成長環境，且不易開花的蘆薈，在絲瓜開花授粉時，兩種作物不會相互干擾。據西妙子說：「光是南科的生技事業，借助科學方法生產，其成品產值已達國內總生產量的三分之一。」

靠近土地公廟左側，有塊土地搭溫室棚架，那是朝環租賃予生物公司。生技公司研發人員，在溫室內種植各種作物，研發成保健食品。當時棚架內種植黃水茄、噴瓜、魚腥草及白鶴靈芝草，這些作物的萃取物，全都可以製成養肝保健品，只是製成前，生技公司研發人員得不斷實驗，做好各項作物萃取物配比，達到最好的保健功效。

由土地公廟望向生技公司租賃的那塊地，棚架內的作物呈現黃、褐、綠、白四種顏色。最有趣的是褐色噴瓜。噴瓜藤莖緊緊纏繞棚架格網，噴瓜結的果實，外型像迷你西瓜，一般都稱它為噴瓜種囊。噴瓜種囊未熟成爆開種子前，種子懸浮在囊內漿液中積攢脾氣，等到噴瓜種囊爆開，種子會像子彈跟著黏液從種囊頂端噴出，我坐在土地公廟，看到噴瓜噴出的樣子，讓我嘖嘖稱奇。

西妙子再次專業科普，噴出種囊的噴瓜，就失去黏液，無法加工提煉萃取物，製成保健食品。按理，生技公司契作的噴瓜，應在種囊未爆開噴出種子前就得採收。棚架內大部分成熟的噴瓜均未採收，那是生技公司研發人員還在研發階段，他們只採取小部分未噴出種囊的噴瓜，帶回公司研究即可，將來若研發成功，生技公司再擴大租賃土地種植。

## 南科廠家的吸磁效應

離開生技園區旁的土地公廟，西妙子的腳步彷彿沉重，她對於自己家園的改變，有種濃墨的厚重感。我以為這樣的改變，毋須鑽進漩渦被過往嵌住。西妙子老家三合院承載多代的親情，門前那顆不凋落的百年茄苳樹，見證朝環一家生活點滴。不管是哪種心情使然，都有濃得化不開的情感羈絆。就像朝環守著三合院老屋，守著是一種時代的進步，也是幸福的等待。

當外出打拚的下一代、下下一代不管是在家鄉南科服務，抑或在外打拚疲憊回來時，朝環三合院老屋是家族的依偎，望著自己家鄉，由高科技行業領銜主演的時代進步劇情，回家推開自家門扉，可以大聲喚：「多桑（或阿伯、阿公），我回來了！」那種的親情所在，不僅可以說從前、話農桑，甚或驚歎南科怎麼又這麼多家廠商來設廠。

南科在政府縝密的規劃下，由七國仔種下精進農業的種子，再由中研院、工研院等相關生物科技研究中心相互支援下，發揮產業群聚的乘數效果，讓南科高科技生化公司，在歲月推移中被梳妝整齊。如果從地理形勢綜觀，七國仔、中央研究院南部生物技術計畫中心、南科東側將多家生技公司、七國仔實驗農場等，正好圍成群聚的半圓周，共同提供專業技術輔導農民栽種高經濟作物，形成完美產業鏈結構。

當時許多不了解南科設置意涵的人士，都以為南科成功設置後，政府轉手扶持農業是一種補償作用。他們並不知道南科不只是從事高科技產品的投產而已，它能與農業及其它產業多元連結，將任一產業別產出的製成品有層次的提升。這一連串的提升，恰恰有一條時間發展軸線。從早期農業單純的農作收成，進而有粉間的農業加工，次第以農業改良技術讓農作產品朝多元且精緻邁進，最後南科設立後，農業再與生技產業配合，生產高價值的附加產品。

在計畫區西北側的半導體產業，目前為南科的重點產業，它有著垂直的產業鏈結構，位於半導體產業鏈依序為最上游的晶圓設計、晶圓代工、光罩、封裝與測試等產業鏈，紛紛進駐南科特設廠，形成臺灣目前的半導體產業的先進製程，亦可就近相互支援。

南部科技園區各產業形成的垂直產業鏈，翻轉臺灣站在國際科技尖端。面對時代轉動的巨輪，南科現址設置前，有屬於自己的風土人情；南科設置時，各級政府與在地居民通力合作，循按程序完成南科建置；南科建置後，地方產業結構改變成高科技與傳統產業併存共榮。這股生命文化的養成，是以共同記憶來連結情感，讓先進科技軌跡承接原來農業型態的舊文化。在南科現址發展的軸線，完美扣住進步的甬道，將南科推向世界舞台。

## 評審評語——

本文報導臺灣南部科學園區（簡稱「南科」）「拔水而起」的過程，從一九八〇年代後期整治其外圍河川水系，到一九九〇年代初期之實體建置，涉及當地傳統農居農產及其轉型，農業科技之導入，農地徵收、開發、廠商進駐及營運等複雜進程，是南科史的一部份。

作者採第一人稱「我」書寫，主敘者包括料雲（在地人，水利工班的技術人員）、朝環（料雲伯父，糖廠退休，經營「粉間」）、西妙子（朝環女兒，遠嫁日本，於南科興建中回鄉協助老父，有農改背景）、文添仔（料雲弟，水利會工作）；並實地走訪，且掌握豐富文獻資料。從報導文學寫作的角度來看，平實而有分寸，算是剪裁合宜。

作者雖也寫到傳統鄉村社會與在地住民所受到的影響，惟於衝擊面之著墨較為克制，住民適應是否困難等，似可加強。

——李瑞騰

## 獲獎感言——

謝謝故鄉臺南善化，給了我足以成篇的創作素材。文字所能記載的鱗爪，都不足田調的範圍，感謝這幾年支援我寫這篇文的鄉親。

當以為，時序來到秋涼的十月，都將投稿這檔事，忘諸腦後，欣喜接獲得獎「伊媚兒」通知。感謝評審的青睞與鼓勵，讓我有繼續筆耕的動力。

# 全球華文文學星雲獎評議委員會

## 評議委員會——

主任委員——李瑞騰
委　　員——王潤華、何寄澎、林載爵、陳芳明、封德屏、釋妙凡

## 第一屆　初複審及決審委員——

【歷史小說】
初複審委員——朱嘉雯、吳鈞堯、凌明玉、歐宗智
決 審 委 員——林載爵、司馬中原、顏崑陽

## 第二屆

【報導文學】

初複審委員——心岱、陳銘磻、楊錦郁、楊樹清

決 審 委 員——李瑞騰、馬西屏、楊渡

【人間佛教散文】

初複審委員——王盛弘、林少雯、歐銀釧、簡白

決 審 委 員——何寄澎、黃碧端、渡也

### 初複審及決審委員——

【歷史小說】

初複審委員——朱嘉雯、吳鈞堯、童偉格、鍾文音

決 審 委 員——陳芳明、顏崑陽、楊照

【報導文學】

初複審委員——心岱、李展平、張典婉、廖鴻基

決 審 委 員——李瑞騰、楊渡、向陽

【人間佛教散文】
初複審委員——楊錦郁、歐銀釧、鹿憶鹿、林文義
決 審 委 員——何寄澎、黃碧端、永樂多斯

# 第三屆

## 初複審及決審委員——

【歷史小說】
初複審委員——朱嘉雯、何致和、林黛嫚、甘耀明
決 審 委 員——陳芳明、林載爵、楊照

【報導文學】
初複審委員——楊錦郁、張堂錡、廖鴻基、吳敏顯
決 審 委 員——李瑞騰、柯慶明、楊渡

【人間佛教散文】
初複審委員——吳鈞堯、王盛弘、李欣倫、石德華
決 審 委 員——何寄澎、黃碧端、簡政珍

## 第四屆

### 初複審及決審委員——

【歷史小說】

初複審委員——林黛嫚、何致和、甘耀明、鄭穎

決　審　委　員——陳芳明、林載爵、平路

【報導文學】

初複審委員——康原、張堂錡、楊錦郁、楊樹清

決　審　委　員——李瑞騰、林元輝、楊渡

【人間佛教散文】

初複審委員——王盛弘、李進文、孫梓評、方秋停

決　審　委　員——何寄澎、黃碧端、曾昭旭

## 第五屆

### 初複審及決審委員——

【歷史小說】

初複審委員——甘耀明、鄭穎、陳憲仁

決　審　委　員——林載爵、陳芳明、陳玉慧

【報導文學】
初複審委員——楊錦郁、陳銘磻、廖鴻基
決 審 委 員——李瑞騰、楊渡、須文蔚

【人間佛教散文】
初複審委員——林少雯、楊宗翰、林淑貞、石曉楓
決 審 委 員——何寄澎、黃碧端、陳義芝

## 第六屆

### 初複審及決審委員——

【歷史小說】
初複審委員——童偉格、吳鈞堯、甘耀明
決 審 委 員——陳芳明、陳雨航、平路

【報導文學】
初複審委員——楊錦郁、田運良、曾淑美
決 審 委 員——李瑞騰、林明德、劉克襄

【人間佛教散文】

初複審委員——張輝誠、胡金倫、羅秀美、李儀婷

決審委員——何寄澎、路寒袖、鍾怡雯

# 第七屆

## 初複審及決審委員——

【歷史小說】

初複審委員——林黛嫚、何致和、鄭穎

決審委員——陳芳明、廖輝英、陳耀昌

【報導文學】

初複審委員——楊錦郁、曾淑美、夏曼・藍波安

決審委員——李瑞騰、蔡詩萍、黃碧端

【人間佛教散文】

初複審委員——孫梓評、歐銀釧、羊憶玫、林文義

決審委員——封德屏、蕭蕭、亮軒

## 第八屆　初複審及決審委員——

**【人間禪詩】**

初複審委員——楊宗翰、羅任玲、李進文、洪淑苓

決 審 委 員——何寄澎、許悔之、渡也

**【歷史小說】**

初複審委員——吳鈞堯、鍾文音、何致和

決 審 委 員——陳芳明、李金蓮、履彊

**【報導文學】**

初複審委員——廖鴻基、黃慧鳳、石曉楓

決 審 委 員——李瑞騰、向陽、羅智成

**【人間佛教散文】**

初複審委員——王盛弘、周昭翡、楊錦郁、林少雯

決 審 委 員——林載爵、渡也、周芬伶

# 第九屆

## 初複審及決審委員——

### 【人間禪詩】

初複審委員——李進文、曾淑美、陳政彥、葉莎
決 審 委 員——何寄澎、陳育虹、白靈

### 【長篇歷史小說】

初複審委員——朱嘉雯、吳鈞堯、簡白
決 審 委 員——陳芳明、陳玉慧、陳耀昌

### 【短篇歷史小說】

初複審委員——陳憲仁、方梓、鄭穎
決 審 委 員——蘇偉貞、陳雨航、甘耀明

### 【報導文學】

初複審委員——廖鴻基、神小風、葉連鵬
決 審 委 員——李瑞騰、須文蔚、阿潑

【人間佛教散文】

初複審委員——周昭翡、李時雍、孫梓評、李欣倫

決審委員——顏崑陽、蕭麗華、鄭羽書

【人間禪詩】

初複審委員——方群、蕓朵、田運良、顧蕙倩

決審委員——何寄澎、蕭蕭、路寒袖

【長篇歷史小說寫作計畫補助專案】

評審委員——封德屏、宇文正、陳昌明、李育霖、履彊

## 第十屆

### 初複審及決審委員——

【長篇歷史小說】

初複審委員——方梓、廖志峰、簡白

決審委員——陳芳明、平路、李育霖

**【短篇歷史小說】**

初複審委員——吳鈞堯、凌明玉、楊傑銘
決　審　委　員——林載爵、廖輝英、梅家玲

**【報導文學】**

初複審委員——吳敏顯、李時雍、何定照
決　審　委　員——李瑞騰、羅智成、劉克襄

**【人間佛教散文】**

初複審委員——李欣倫、翁翁、鄭順聰、彭樹君
決　審　委　員——侯吉諒、鄭羽書、徐國能

**【人間禪詩】**

初複審委員——林婉瑜、楊宗翰、曾淑美、陳允元
決　審　委　員——何寄澎、白靈、翁文嫻

**【長篇歷史小說寫作計畫補助專案】**

評　審　委　員——封德屏、履彊、林文義、易鵬、廖玉蕙

## 第十一屆　初複審及決審委員——

【長篇歷史小說】

初複審委員——簡白、林黛嫚、何致和

決審委員——陳芳明、履彊、平路

【短篇歷史小說】

初複審委員——林俊穎、陳憲仁、應鳳凰

決審委員——林載爵、廖輝英、蘇偉貞

【報導文學】

初複審委員——楊傑銘、歐銀釧、田運良

決審委員——李瑞騰、顧玉玲、須文蔚

【人間佛教散文】

初複審委員——向鴻全、顏訥、彭樹君、李時雍

決審委員——鍾怡雯、渡也、單德興

【人間禪詩】

初複審委員——顏艾琳、陳允元、李進文、羅任玲

決 審 委 員——何寄澎、許悔之、羅智成

【長篇歷史小說寫作計畫補助專案】

評 審 委 員——封德屏、林文義、王鈺婷、許榮哲、范銘如

## 第十二屆 初複審及決審委員——

【長篇歷史小說】

初複審委員——簡白、鄭穎、吳鈞堯

決 審 委 員——林載爵、朱嘉雯、甘耀明

【短篇歷史小說】

初複審委員——凌明玉、連明偉、何致和

決 審 委 員——陳芳明、林俊穎、周月英

【報導文學】
初複審委員——曾淑美、李時雍、神小風
決 審 委 員——李瑞騰、羅智成、須文蔚

【人間佛教散文】
初複審委員——王盛弘、周昭翡、簡文志、歐銀釧
決 審 委 員——顏崑陽、陳幸蕙、劉克襄

【人間禪詩】
初複審委員——顏艾琳、凌性傑、陳政彥、林婉瑜
決 審 委 員——何寄澎、陳義芝、路寒袖

【長篇歷史小說寫作計畫補助專案】
評 審 委 員——履彊、向陽、江寶釵、黃美娥、王鈺婷

## 第十三屆　初複審及決審委員——

【長篇歷史小說】

初複審委員——應鳳凰、簡白、方梓

決 審 委 員——蘇偉貞、何致和、履彊

【短篇歷史小說】

初複審委員——連明偉、楊富閔、吳鈞堯

決 審 委 員——林黛嫚、朱嘉雯、永樂多斯

【報導文學】

初複審委員——周昭翡、李時雍、房慧真

決 審 委 員——李瑞騰、廖鴻基、劉克襄

【人間佛教散文】

初複審委員——孫梓評、石德華、簡文志、李欣倫

決 審 委 員——何寄澎、廖玉蕙、鍾玲

【人間禪詩】

初複審委員——楊宗翰、李蘋芬、李長青、林婉瑜

決 審 委 員——蕭蕭、洪淑苓、向陽

【長篇歷史小說寫作計畫補助專案】
評審委員——呂文翠、江寶釵、李育霖、胡金倫、張堂錡

## 第十四屆　初複審及決審委員——

【長篇歷史小說】
初複審委員——簡白、廖志峰、陳憲仁
決審委員——朱嘉雯、陳國偉、東年

【短篇歷史小說】
初複審委員——楊富閔、應鳳凰、吳億偉
決審委員——楊照、王瓊玲、李金蓮

【報導文學】
初複審委員——馬翊航、黃慧鳳、曾淑美
決審委員——李瑞騰、顧玉玲、楊渡

## 【人間佛教散文】

初複審委員——戴榮冠、凌拂、鍾怡彥、彭樹君
決 審 委 員——陳克華、何寄澎、廖玉蕙

## 【人間禪詩】

初複審委員——方群、李蘋芬、琹川、陳政彥
決 審 委 員——渡也、李癸雲、李進文

## 【長篇歷史小說寫作計畫補助專案】

評 審 委 員——呂文翠、范銘如、鍾文音、徐國能、祈立峰

國家圖書館出版品預行編目(CIP)資料

時代的見證：第十四屆全球華文文學星雲獎報導文學得獎作品集／邱瀟君, 李佳懷, 蔡仲恕著. -- 初版. -- 高雄市：佛光文化事業有限公司, 2024.12
面；　公分. -- (藝文叢書；8074)
ISBN 978-957-457-836-8(平裝)

857.85　　113017762

第十四屆全球華文文學星雲獎
報導文學得獎作品集
# 時代的見證

作　　者｜邱瀟君、李佳懷、蔡仲恕
主　　辦｜公益信託星雲大師教育基金
主　　編｜李瑞騰

總 編 輯｜滿觀法師
責任編輯｜能開法師
美術設計｜謝耀輝

出 版 者｜佛光文化事業有限公司
出版日期｜2024年12月初版一刷
印　　刷｜中茂分色製版印刷事業股份有限公司
經　　銷｜紅螞蟻圖書有限公司
(02)2795-3656

流 通 處｜
佛光山文化發行部
高雄市大樹區興田路149號
(07)656-1921#6664~6666

佛光山文教廣場
高雄市大樹區興田路153號
(07)656-1921#6102

佛陀紀念館四給塔
高雄市大樹區統嶺路1號
(07)656-1921#4140~4141

佛光山海內外別分院

創 辦 人｜星雲大師
發 行 人｜心培和尚
社　　長｜滿觀法師

法律顧問｜毛英富律師、舒建中律師
登 記 證｜行政院新聞局版台省業字第862號

定價｜320元
ISBN｜978-957-457-836-8（平裝）
書系｜藝文叢書
書號｜8074

劃撥帳號｜18889448
戶　　名｜佛光文化事業有限公司
服務專線｜
編輯部 (07)656-1921#1163~1168
發行部 (07)656-1921#6664~6666

佛光文化悅讀網｜
http://www.fgs.com.tw
佛光文化Facebook｜
https://www.facebook.com/fgsfgce